自然文学

寄情怀于博物

寓哲理于自然

6 到 99 岁的读者

都爱读的文学

[世界自然文学获奖作品]

[俄] 斯坦尼斯拉夫·沃斯托科夫 / 著
[俄] 玛丽亚·沃龙佐娃 / 绘
解秋菊 / 译

跟动物朋友去远行

海峡出版发行集团　福建少年儿童出版社

科里瓦拉佩奇

从俄罗斯到缪尼亚拉赫季海湾……

韦甘

目录 Mulu

向西！继续前行！／ 1

旅　途／ 7

海　湾／ 12

佩　卡／ 18

韦　甘／ 20

结　识／ 27

关于人类的利己主义／ 34

丹顶鹤／ 37

幽　灵／ 51

聊　天／ 56

小貉子的想法／ 62

信／ 68

教 堂 旁 / 79

打　架 / 83

卫生监督员 / 88

鸟 / 92

狩　猎 / 96

这不仅仅是"老兵之家" / 104

陷　阱 / 110

古老墓地的益处 / 120

忧　郁 / 126

告　别 / 130

你　好！/ 132

小貉子的鸟类鉴定手册 / 133

向西！继续前行！

"发生了什么事？"

"你爸爸跟狗争斗了一番！"

这时，貉(hé)子爸爸已经筋疲力尽了。小貉子和妈妈一起，用肩膀撑起爸爸的身体，搀扶着把他送到洞口。貉子爸爸一瘸一拐，沿着洞内被春汛浸湿的过道，自己走回了卧室，然后侧身躺下。身体挨着床的那一侧伤势比较轻一些，可是，貉子爸爸却依然感觉很疼，忍不住呻吟起来。貉子妈妈留下来照顾貉子爸爸，小貉子则叹了口气，走出了洞穴。

小貉子对这里的一切都厌烦至极。他想跑到很远很远的地方，就是从这里望过去，树像草一样又细又小，云朵也不比飞蛾大多少的那个遥远的地方。他觉得在那里才能过上真正的生活。这儿的生活哪叫什么生活？

洞口旁边有一棵歪歪扭扭的松树，松枝遮住了洞口。貉子一家居住的这个洞穴看起来就像个牙洞，里面还不时地传来貉子爸爸的惨叫，还有貉子妈妈的高声惊呼。小貉子看了看洞口，又露出了百般嫌弃的神情。

小貉子已经快六个月大了，可他不仅没有自己单独的洞穴，甚至连名字都没有！

他们一家都是貉子。说得更确切些，貉子属于犬类，他们跟浣熊和狗都有点亲戚关系。但是狗从不承认他们跟貉子是亲戚，还骂貉子是"半狗"，说貉子是"低三下四的暴发户，还死乞白赖地企图挤进狗的家谱"。

好在浣熊不住在北方，因此，浣熊对这个问题怎么看，我们就无从知晓了。

上面提及的这位貉子爸爸名叫科里瓦亚·拉帕[①]。貉子在

[①] 该名字的意义是"歪爪"。

犬类家族中的地位令他大为光火。貉子爸爸认为，貉子的资格要比狗更老、更崇高。为了证明这个说法，貉子爸爸总是强调：有一次，他躲在一栋别墅的栅栏旁，听到电台主持人采访奥尔洛夫副教授时他就是这样说的。嗯哼！现在他手里掌握一张能证明貉子地位的制胜王牌！正是凭着这张王牌，貉子爸爸在多场辩论中得以胜出，并不是场场必胜，因为狗也有自己的王牌——蛮力。因此，狗们一旦启用这张王牌，跟貉子爸爸争斗起来，就连奥尔洛夫副教授也帮不上忙。

貉子爸爸的种群自尊心每年都会遭受一次伤害。不幸的是，小貉子正赶上那个时候出生了。貉子爸爸忙着跟狗们辩论，于是，给小貉子起名字的事就这样日复一日地推迟了。之后又发生了其他更为重要的历史事件，因此起名字的事就又耽误了。当然，貉子妈妈也是可以给儿子起名字的。貉子妈妈的想象力丰富。除此之外，她还读过一些被扔在郊外车站垃圾箱里的侦探小说。他是一个出了名的、相当有教养的貉子。可按照貉子家族的传统，只能由爸爸给孩子起名字。最后，大伙就根据貉子爸爸的名字随意地称呼小貉子"科里瓦拉佩奇"[1]。

貉子妈妈泪流满面地从洞穴中走了出来，抽泣着对小貉子说："你爸爸想叫你进去见他。"

---

[1] 该名字的意思是"科里瓦亚·拉帕的儿子"。

"是的，到我的病榻前来！"貉子爸爸依然雄浑有力的声音从洞穴里面传来。

爸爸就喜欢这样的戏剧效果。小貉子叹了口气，慢腾腾地朝"病榻"走去。

然而，貉子爸爸看起来的确不太好。左耳被撕裂，上面满是凝固的血迹，灰色的一侧抓痕累累，毛发无存。他尽力让自己看起来有一副垂死的模样，但是看起来又不太像。

貉子爸爸脸色如常。小貉子无精打采地站在他面前。

"我的儿子！"貉子爸爸郑重其事地说，"是时候了……"

"爸爸，咱们别这样，好吗？"

"住嘴！"扮演"垂死"的貉子爸爸呵斥道，"听我说，年轻人，因为我想为你的未来指一条明路,所以决定把事情的来龙去脉都告诉你!"

"听爸爸的!孩子。"貉子妈妈激动地说。她那时正站在洞穴的过道里。多年来,她对她的丈夫总是充满了敬意。

小貉子不禁哆嗦了一下,定了定神,开始聆听爸爸的教诲。貉子爸爸讲述了一个有趣的故事,他的语气依然像刚刚一样,极其夸张很有戏剧效果。很快,小貉子居然津津有味地认真听了起来,他忽略爸爸华而不实的描述,只听故事的主要情节。

就这样,貉子爸爸在"弥留之际",用他那相当洪亮的声音,向小貉子讲述了他们种群大迁徙的传说。

这个传说的内容如下:很久很久以前,当时地球上的气候明显要更凉爽一些,自然灾害也不那么频繁,汽车更是相当罕见。人们从太平洋海岸将第一批貉子运到了这里。

新环境并不太适合貉子的先祖们居住。但是,他们为了生存而顽强斗争,以此捍卫自己在新土地上的生命权,并在更广大地区得以繁衍生息。

一些本地动物对此表示不满,要求这些不速之客打道回府。但貉子称这些本地动物为"利己主义者",觉得他们只不过嫉妒自己艰苦奋斗的能力。

正是在那个时候,貉子的先祖们喊出了"向西,继续前行"的口号。秉承这一信念,他们移居到波罗的海沿岸,甚至到达了法国，这令本地的动物们大为震惊。

这个美丽传说的结尾处包含一个预言：总有一天，貉子移民的后代们将抵达天涯海角边的貉子乐园，在那里，他们会找到幸福和财富。确切地说，找到舒适的洞穴和许许多多的食物。至于这一天是哪一天，无从知晓，且听安排。

旅 途

一周后,小貉子正好满六个月的时候,动身前往日落之地。貉子爸爸那时已经康复了,他为儿子送上了祝福,貉子妈妈则在送行时哭哭啼啼,十分不舍。

小貉子这时已经知道,作为一只貉子,什么可以吃,什么不可以吃。记住这一点并不难,因为他们不能吃什么,仍需要再找找才能知道呢!此外,他还学会了识别敌人,不仅仅是动物中的敌人,还有人类中的敌人。发现人类中的敌人是最难的,众所周知，对于貉子来说，所有人类的脸看起来都差不多！

貉子爸爸还给小貉子简要地讲述了，奥尔洛夫副教授的那篇文章的主要内容。这些小貉子早已经背得滚瓜烂熟了。现在，貉子爸爸可以确信，他讲的这些知识已经足够让儿子安身立命，实现自我了。

三月末的一天清晨，小貉子离开了这个狭小的洞穴，沿着海岸开开心心地前往维堡市①。貉子爸爸没来给小貉子送行，貉子妈妈则跟在小貉子身旁跑着，一直跑到遇到的第一个垃圾箱，这才停下来。貉子妈妈在垃圾箱那儿匆忙地跟小貉子告了别，立刻开始专心地搜寻可以当早饭吃的东西。

小貉子终于独立了！

清澈无尘的天空中，飘荡着苍头燕雀悦耳的歌声。时值冬日②，森林里空气湿润，清新的海风阵阵袭来，白色的寒雾缥缈缭绕。

旅途中，小貉子吃了一些不久前才刚刚睁眼，但还没有完全苏醒的甲虫。当卡累利阿的渔夫们不紧不慢地打鱼时，小貉子就从他们手里抢鱼吃，动作同样慢腾腾的。小貉子听从妈妈的建议，还去车站旁边的垃圾箱里翻了翻，在那儿果真找到了

---

① 维堡市是俄罗斯城市。
② 冬日：俄罗斯在三月末仍算冬天。

各种美味佳肴。

三天后小貂子绕过维堡市,在离托尔菲亚诺夫卡①村不远的地方,偷偷地越过了芬兰边界。然而,他对自己的所作所为不以为然。他只注意到,鸟兽们说话时开始带着明显的口音,发"о"和"к"音时语气会加重。

因为人生地不熟,所以在赶路时,小貂子尽量沿着河流和沼泽低洼地行走。

有一次,小貂子突然碰到来自赫尔辛基②的一队童子军,他立刻装死,这才躲过一劫。当时他很感激妈妈,因为妈妈恰巧曾经教过他几次如何装死,而貂子妈妈之所以能对"装死"这门艺术了然于心,这多亏了她读过的那些从垃圾箱里捡来的侦探小说。在半个月里,小貂子走过了哈米纳、科特卡和洛维萨③。那段时间里,他终日以鱼为食,主要吃的是这些地方盛产的鲫鱼和胡瓜鱼。

渐渐地,森林里的丘陵多了起来,地势更加起伏不平。森林附近,包括农场的田地里,出现了许多石灰石和花岗石。这些石头就像白色和粉红色的乌龟,它们从土里爬出来晒太阳,

---

① "托尔菲亚诺夫卡"是俄罗斯列宁格勒州维堡地区的村镇。
② "赫尔辛基"是芬兰首都。
③ "哈米纳""科特卡"和"洛维萨"均为芬兰城市。

结果既妨碍了交通，又影响了农业生产。

一路上，小貉子遇到了许多流亡国外的貉子。他们在路上跟小貉子分享食物，向他讲述国外生活中遇到的困难，还建议他前往波的尼亚湾①人烟稀少的沿岸地带。

小貉子越往西走，在森林里碰见的垃圾就越少，当遇到车站旁边的那些垃圾箱时，他再也不会欢呼雀跃了，因为那里能找到的只是一些报纸和口香糖包装纸。那些包装纸虽然散发着香味，但却跟皱皱巴巴的报纸一样，完全不能吃。

小貉子开始挨饿了，即便如此，他也仍然没有放弃既定的目标。饥肠辘辘的小貉子，筋疲力尽地用爪子奋力蹬爬，他铭

---

① "波的尼亚湾"是波罗的海北部海湾，西岸为瑞典，东岸为芬兰。

记着爸爸讲的那个传说，他想要实现自己安身立命的愿望。传说和愿望令他备受鼓舞，继续前行。一个月后，他穿过了坐落在小山丘上的图尔卡市①。又过了两天，他到达了风景如画的缪尼亚拉赫季海湾附近。

小貂子粗略查看了一下，发现这里没有貂子，而且海湾的北面是一个小型的自然保护区。海岸边的小山丘上石头较多，长满茂密的混交林。而森林周围，在自然保护区的铁丝网里面，则是一片生长着各类庄稼的农场耕地。

但这里可以看到各种各样的鸟，在灌木丛里还有一些肥美的老鼠。小貂子心里想，如果说地球上的确存在貂子天堂的话，那他现在就在天堂里，这个天堂就在缪尼亚拉赫季海湾附近。

---

① "图尔卡市"是芬兰城市。

海湾

每逢休息日，总会有一些奇怪的人出现在海湾附近。拂晓前一小时，他们开车来到这里，然后把车停放在专门的停车场，再从后备厢里拿出带三脚架的望远镜。停车场的栏杆上挂着自然保护区地图。其实这些人是缪尼亚米亚基市[①]动物保护协会

[①] "缪尼亚米亚基市"是芬兰的一个城市。

的成员。

即便在复活节的时候,他们也会遵从自己的习惯,照样会来到这里。

月光下,这些动物爱好者们把三脚架扛在自己宽阔的肩膀上,沿着长满柳树的斜坡一个跟一个地往下走,穿过农场主杰姆·卡尔胡年的田地,消失在云杉树颜色暗淡的宽大叶片下面。他们来到一条小路上,这条小路窄窄的,就像快要熄灭的篝火飘出的一缕烟一样蜿蜒地伸向森林。

动物保护协会的成员沿着这条小路默默地前行,小心地留意着脚底下,生怕踩坏了那如木蛇般露出地表的粗大树根。

沿着小路随处可见白色标牌,上面画着当地的各种鸟类,写着游客在保护区的行为准则。但哪怕是在白天,这些拿着望远镜的人对这些标牌也是不感兴趣的。他们非常清楚该怎么做,因为这些行为准则正是他们想出来的。当然了,他们对保护区的各种鸟类也是了如指掌!

獾子托伊沃住在山丘上被暴风刮断的树木里,他对动物保护协会成员的这种纪律性敬佩不已。值得一提的是,能让獾子尊敬的人可是屈指可数的。

走了大约半公里,这些扛着望远镜的人爬上了一座三层木质塔楼。这时的塔楼被踩得发出吱吱声,这声音很小,仿佛在说:"杰尔维"这个词在芬兰语中意思是"您好"。

上面提到的动物保护协会的成员们把望远镜沿着木质栏杆分别架好,接着就开始了长久的等待。

芬兰人是很有耐心的,而动物保护协会的这些芬兰人就更有耐心了。他们默默地等待着天亮,在漫长的等待时间里他们之间只不过交谈几句而已,讨论了一下这潮湿的空气,以及下一周的天气将会如何。

他们始终面对着海岸。而此时的海岸像天空一样是黑色的。薄雾笼罩下,海面隐约可见星光点点。这些星光映照出,附近哪里是东海岸的尽头,那里看似无形慵懒的海浪正拍打着岸边。对岸房子里的方形小窗透出的黄色灯光连成一线,勾勒出海湾西面边界的轮廓。

波罗的海在东南方向,它像巨大的水母一样懒洋洋地微微颤动着,渐渐地,那一处的天空变得明亮起来,海湾也慢慢展露了自己的颜色和景致。

平静的水面上阳光四射,如孟加拉人的焰火一般。野鸭的啾鸣打破了宁静。紧跟着传来了海鸥嘎嘎叫的声音。伴随着这些声音,附近的海岸变得清晰可见,上面布满被惊醒的大雁和体型硕大的大天鹅,他们立马加入了大合唱。浅水区栖息着很多鸭子,这时也呈现在人们的视野中。在海湾的中央,这些鸭子不时地伸展着不太优雅的宽宽的翅膀。

瞭望塔上的人们活跃起来了。他们一声不响地将眼睛贴近望远镜，将望远镜一会儿朝向这群鸟，一会儿又朝向另一群鸟。动物保护协会的成员们在本子上记录着观测数据，或是彼此分享着新发现，只有这时，他们才会交谈起来：

"今年的鹊鸭多一些！"

或者：

"针尾鸭少一些！"

令动物保护协会的成员们感到伤心的是，到目前为止，丹顶鹤还没有回到保护区。

这时，海湾里的鸟儿们有大动作了。不断地有新的鸟群下到水里，他们的翅膀反射出粉红色和黄色的阳光顷刻间连成一片。体型硕大的秋沙鸭和黑色的鸬鹚出现了。还有一些新的天鹅也飞来了。

一些鸟群立刻飞到水里，开始寻找食物，另一些鸟群则飞到海湾上空盘旋，保持警戒状态。

一些鸟儿离开了海湾。鸭子们原地腾跃飞起，而肥胖的天鹅用黑色的爪子啪嗒啪嗒地踩着水，沿水面滑翔了几十米远后，才艰难地飞上了天空。

当天完全亮了之后，这世界变得如以往一般清晰明亮。森林小路上突然冒出一个棕黄色的小斑点。几秒钟后，一只年幼的狐狸跑上了瞭望台。

动物保护协会的成员们看到他都很开心。

"韦甘来了!"

"你好,韦甘!你今天自己来的吗?"

"他的主人发烧了。"

"佩卡怎么了?"

"佩卡前几天把脚给冰水浸湿了。"

"兄弟们,靠近些。要不韦甘可看不清楚。"

狐狸韦甘向这些人点了点头,以示感谢,然后用后爪站立着,将鼻子伸到栏杆下的"儿童"窗口里。

"要不,把望远镜给他?"留着大胡子个子高高的协会主席扬·埃里克松提议说。

"韦甘的眼睛可好使了。希望佩卡能早点好起来!"

"的确!韦甘就像个望远镜。自己跑到瞭望塔来观测,然后自己再把数据带回家。"

动物保护协会的成员们笑了起来。很快他们又稍稍弯下身子看起望远镜来,瞭望塔上又恢复了安静。

十五分钟之后,卡尔胡年的田地上的某个东西引起了狐狸韦甘的注意。

"看啊!有个家伙在右面,"忙着看海鸥的埃里克松低声说,"韦甘有新发现!"

有两个人把望远镜转向田地的方向,在那里,田地主人的那台绿色的小型拖拉机正在慢慢地行进着。

"丹顶鹤！"

"啊，终于回来了！"

的确，在田地上空，出现了一些张开宽宽的翅膀优雅飞行的黑点。这些翅膀摇晃着，微微改变着轮廓，就像迎风飞舞的旗帜一样。很快，就传来了鹤的鸣叫声。又过了两分钟，就算不用望远镜也能看得见：领头的鹤为了给鹤群选地方降落是如何转动头部的。这些大鸟们一只接着一只降落在海湾北部的芦苇丛里。

狐狸韦甘在"儿童"小窗旁边又站了一会儿，冲人们点了点头算是告别，然后离开了瞭望塔。

佩 卡

佩卡·维尔塔年住在缪尼亚拉赫季湾和缪尼亚米亚基市之间的一个村庄里。在这个村庄里,佩卡的那座小屋大概是最简陋的,里面只有两个房间和一个阁楼。人们称这座房屋为"老兵之家"。

佩卡负责管理市内所有的博物馆。只不过你可不要以为这里的"所有的"就意味着"很多"。这个地区的确有几座博物馆，但这些博物馆一年中的大部分时间都是关闭的。因此，如果有人想看看曾经制造出第一辆，同时也是最后一辆芬兰汽车的工厂，了解一下古老的小块煤清洗机是如何运转工作的，或是参观战前仅有十五名学生的学校，那他直接给佩卡打电话就可以了。佩卡会来博物馆，组织游客参观，然后再等待下一批游客的到来，不过，下一批游客可能也没有很多。

佩卡还拥有一把能打开当地古老教堂大门的钥匙。这把钥匙的重量将近一公斤，把佩卡的口袋都戳坏了，因此佩卡把钥匙装进一个购物袋里。但是来教堂参观的游客也很少，所以佩卡有很多空闲时间。

佩卡的主要精力都用来研究地方志了。虽然他已经对缪尼亚米亚基市的一切如数家珍，但他还是整天看书。他总是想在书中发现一些新的信息，就像淘金者一样，清洗几吨的沙子，只为找到一颗金粒而已。要知道这可不是洗砂糖那么简单，而是需要付出艰辛劳动的。

韦 甘

狐狸韦甘从连接海湾和缪尼亚米亚基市的那条路上拐了出来,邻近的几座房屋的主人们都已经出门上班了,韦甘从他们的房子旁边跑过去,然后抬腿登上自己家的门廊。

佩卡家从不关门,因为这个小村子里从没出过贼。

走廊的挂衣架上挂着一件绿色的轻便夹克,韦甘穿过这个走廊,来到主人平时躺卧的沙发前。此时,佩卡的腋下夹着体温计,而手里拿着一本名为《缪尼亚米亚基市的芬兰名人》的书。听到韦甘回来了,佩卡把眼睛从书上挪开,看了看自己的宠物,接着打了一个十分响亮的喷嚏。

前些天,他带俄罗斯来的游客们参观了码头,码头曾经起运过一批用来建设维堡的花岗岩。游客对这处景点很满意,但佩卡却因为脚被冰水浸湿而着凉了。

"怎么样啊,海湾里有什么趣事?"佩卡问。

韦甘点了一下头。

佩卡嘴里哼哼着站起身,把脚伸进暖和的鞋里,佝偻着身子,拖着沉重的脚步,蹒跚地走到前厅。他在前厅拿起韦甘的食盆,然后拖着脚步沙沙地走到厨房,在柜子的一个小格里取出一个纸袋,上面写着:"豆友——素食狗狗的干饲料"。佩卡往食盆里倒满饲料,还加了些水,然后又拖着沉重的脚步蹒跚地往回走。

狐狸韦甘在走廊里耐心地等待着。他并没有马上扑向饲料,而是先向主人投去了感激的目光,打了个哈欠,挠了挠耳朵后面,这才不紧不慢地开始吃早饭。

狐狸韦甘是去年夏天来到佩卡这儿的。应该说,佩卡从没想到自己会成为狐狸的主人。他倒是曾经想过,等年岁大了,自己可能会养一只猫或狗,也不排除养一只金丝雀,甚至是一只鹦鹉。但无论如何,养一只狐狸可是太出乎他的意料了!

八月的时候，佩卡常常去森林里的瞭望塔观测。对于鸟儿们，同时也对于动物保护协会来说，这都是个生机勃勃的旺季。全芬兰的天鹅、丹顶鹤、野鸭以及其他飞禽几乎都在缪尼亚米亚基市聚集。他们在这里停留，为的是能补给供养，然后再动身飞往过冬的地方。

一天早上，佩卡刚走出家门，随后就听到了几声枪响，而且这枪声是从保护区方向传来的。这真是太可怕了！佩卡虽然犯了风湿病，但仍旧骑着自己那辆旧自行车，以最快的速度赶往森林。

他在汽车站遇到了埃里克松和其他动物保护协会的成员，这些人的情绪激动不安。据他们说，射击者不是在保护区开的枪，而是在保护区旁边的卡尔胡年的田地上。

这事发生后的第二天，卡尔胡年就亲自提着个篮子，来到动物保护协会的办公室。篮子里是一只狐狸幼崽，他因为受到了惊吓，睁着一双圆圆的大眼睛，在篮子里不安极了。谁也不清楚他的妈妈发生了什么事。如果联想到昨天发生的枪击事件，那狐狸妈妈就凶多吉少了。

杰姆考虑一番后，提出了一个自认为公平合理的想法，那就是，既然他们市内有动物保护协会，那么就应该让这个协会来照顾狐狸幼崽。而他自己则会向协会多提供些土豆和甜菜。多年来，动物保护协会的成员们都已经收养了很多不同的动物，只是，很难将母鸡、家兔和仓鼠这些动物跟狐狸放在一起养。目前，只有佩卡还没有领养动物，因此无论对于狐狸幼崽，还是对于佩卡来说，他们都别无选择。

其实，佩卡很高兴能收养狐狸幼崽。但随之而来的问题是佩卡是一个素食者。他如此喜爱动物，以至于不能允许自己吃肉。只有牛奶例外，佩卡允许自己喝，毕竟挤牛奶是不需要杀掉母牛的。相反，母牛必须活着才能挤牛奶。但又不能只给狐狸食用牛奶和蔬菜啊！因为这样狐狸可能会得软骨病。

幸运的是，不久前在图尔库专为素食者开了一家商店。这可帮了佩卡大忙了！就这样，在他的房子里出现了一只素食狐狸。邻居们常常拿这个事开佩卡的玩笑，但佩卡从不在意这些。他只关心一件事：该给这个四只脚的朋友起个什么名字好呢？

佩卡曾想用某个杰出同乡的名字给狐狸幼崽起名。为了表示纪念，该用谁的名字给宠物起名字呢？是发现新的稀土元素的化学家加多林，还是出版了第一份芬兰语报纸的利采利乌斯？佩卡始终无法做出选择。

当佩卡还在绞尽脑汁思考这些复杂问题的时候，协会的成员们就开始管这只狐狸叫韦甘①。这样问题自己就解决了，佩卡只得同意大多数人的意见。

狐狸韦甘吃完了饭，就朝自己的电脑走去。只不过，您可不要认为在芬兰所有的宠物都有电脑！为了将观察鸟类得到的数据记录下来，电脑对于韦甘来说是必需的。

佩卡偶尔也会使用电脑，但他没法在电脑前工作太久。他认为，由于使用电脑，人类正在变笨。为了论证这个说法，佩卡曾举过这样的例子：有一次，佩卡一连上了三个小时网，之后他就好几天都想不起来缪尼亚米亚基市的第一位牧师的名字了。要知道，这个名字佩卡可是差不多从出生起就知道的。总之，

---

① "韦甘"这个名字带有"素食者"的意思。

佩卡不喜欢现代技术,他甚至连熨斗和洗衣机都没有。

佩卡在旧货市场上买来一架有着上百年历史的设备,用这架设备熨烫衬衫和裤子。这个设备里包含一个重重的木箱,木箱依托两小段金属在衣服上滚动。在旧货市场上,佩卡还买到了更为古老的洗衣机。这个洗衣机像个小桶,侧面有个铁盖子。小桶里面有螺旋桨,其作用是使衣物旋转起来。当然,这个螺旋桨可不会自己转动,佩卡要手动旋转桶底凸起的把手,这样螺旋桨才能转动起来。

这两个设备远远谈不上很完善,因此佩卡总是穿着洗熨都不太好的衣服。但他可以当之无愧的骄傲地说,自己没有因为洗熨衣服而破坏周围的环境。这点能算是值得骄傲的吧!

狐狸韦甘用鼻子打开电脑,然后爬上椅子。当程序加载完毕后,他打开了标有当天日期的图表,开始在上边做出标记:他在哪里观察到了多少鸟以及鸟的种类。

这正是动物保护协会的每一个成员常常要做的事。埃里克松每天对这些数据进行完善,并将数据挂到协会的网站上。

这是一件非常必要的工作!这件工作能够帮助科学家们了解自然界中发生了什么,哪些鸟增多了,哪些鸟减少了,以及趁这些物种还没有完全灭绝,判断他们是否应该得到保护。

半小时后,佩卡看完了数据。他非常开心——丹顶鹤终于飞回来了!为了庆祝这件事,佩卡给了狐狸韦甘一个素鸡腿,以此作为特别的奖赏。

当狐狸韦甘狼吞虎咽地吃着加餐鸡腿时,佩卡说:"我们这儿的丹顶鹤是从哪里飞来的,要是能查清楚就好了! 要知道,迄今为止,我们还不知道,他们在哪里过冬。要不,你试试跟他们打听打听?"

狐狸韦甘用像小红旗一样的舌头舔了舔鼻子,然后笑了笑。

结 识

　　观察到丹顶鹤的第二天是个阴天。清晨的天空中云朵低垂，状如鹅毛。因为这天是星期一，瞭望台上空无一人，这样一来，整片森林都是狐狸韦甘的了！

　　当然，这片森林还属于獾子托伊沃、忙忙碌碌的松鼠和狍子们。动物们害怕干草，因为卡尔胡年的拖拉机会将干草卷成捆。对了，这片森林里还有上万只爱咬人的蚂蚁呢！森林首先属于他们。

　　今天来这儿观察鸟儿们的只有他——狐狸韦甘！

当你站在瞭望台上面，俯瞰下面丰富多彩的生活，你会情不自禁地认为自己就是这生活的主人——海湾的主人，大雁的主人，甚至是农场主们的主人，因为从瞭望台向下看去，一切似乎不比蚂蚁大多少。狐狸韦甘非常喜欢这种感觉。他开心地沿着一条如鳗鱼般蜿蜒的小路奔跑着，这条路穿过一片已经开垦但暂时还没播种的田地，田地里散发着浓烈的泥土的味道。

狐狸韦甘不害怕汽车：第一，早晨才刚刚开始；第二，这个郊区农庄里的人和车都很少。能称得上人声鼎沸的地方应该只有位于汽车站后面的萨里庄园。那里住着画家、雕刻家、歌唱家，总之，这些人都跟环境保护沾不上边。他们中的一些人离开了，就会有另一些人抵达这里，所以庄园里来往的汽车很多，总是宾客满堂。按照狐狸韦甘的观察，这些搞艺术的人啊，就像猫头鹰一样，他们睡得晚，起得更晚。所以他们的汽车要等午后才开始在庄园和图尔库到库斯塔维的公路之间往来穿梭。而在这之前，狐狸韦甘完全来得及返回家中，并把新的数据存到电脑里。

跑到车站后，狐狸韦甘拐到了一条狭窄的小路上，柳树的枝条上缀满嫩叶，柳树下面有一个斜坡，狐狸韦甘只要沿着这个斜坡下去，卡尔胡年的田地就已经被抛在了身后。韦甘在一块粉红色光滑且圆润的粉红色巨石旁边停了下来。正是这块巨石挡住了汽车通往保护区的路。

狐狸韦甘用鼻子嗅了几下。森林里的味道总是多种多样：冬天时，闻到的是针叶林和雪的味道；秋天时，闻到的则是蘑菇、潮湿的树木和腐烂树叶的味道；夏天时，首先闻到的是铃兰的味道，最后闻到的是漫山遍野的蔓越莓的味道；而现在是春天，森林中充满了刚刚绽放的银莲和紫堇淡淡的香气。不过这些味道里总是掺杂了獾子托伊沃的气味，獾子的气味无论如何也称不上是香气。

突然，狐狸韦甘闻到某种不同寻常的气味：一种陌生野兽的气味。狐狸韦甘在大圆石旁陷入了沉思，他把熟悉的动物一个一个排除掉。所有迹象表明：这个陌生的动物体型不大，喜食肉类，属于犬科动物。但周围的犬科动物除了狐狸，只有狼。而狼只在市区北部比较常见：保护区不大，甚至对于两只狼的活动范围来说都显得有些小。况且人类也不允许狼在这里安家。

狐狸韦甘没猜出来这是什么动物的气味，就沿着铺满了一层针叶"地毯"般的小路跑走了。

一些䴓（shī）像褐色小球一样在树干上跳来跳去，啄木鸟在树冠上起劲地敲敲啄啄，前面有一对松鸦夫妇在吱吱嘎嘎地叫着。狐狸韦甘认识他们，因为他们就在瞭望台旁边筑巢孵卵。韦甘发现瞭望台这里出现了新的气味，并且越往前走，这气味就变得越来越浓。

狐狸韦甘跑上了瞭望台，停了下来。不！今天当不了森林的主人了！巨大的栏杆下凿出的小窗户旁边，一只散发着奇怪气味的动物正用后爪站立在那儿。那只动物正在用贪婪的神情盯着下面睡着的鸟儿们。

现在狐狸韦甘认出他了：是在佩卡的动物鉴定手册里见过的貉子，但韦甘从未料到，能在芬兰的这个地区见到这种动物。

这个外来动物观看鸟儿们的神情非常可疑，因为他对鸟类的兴趣和科学家们对鸟类的兴趣完全不同。但狐狸韦甘又不想马上弄清楚他的态度，毕竟他们彼此还不认识。

"早上好！"狐狸韦甘试着打了个招呼。

小貂子闻声转过头来。

"您好!"他面带不悦地回应着。

小貂子扫了一眼狐狸韦甘,又自顾自地观察起了鸭子们。这是只幼小的狐狸,没啥可怕的。他无论如何也比不上老家别墅边的那些欺负过貂子爸爸的恶狗们。

"你知道这是一个自然保护区吧?"

"又开始了。"小貂子愤愤地想,"这张棕红色的脸又要开始炫耀自己的权利了。"

"走开!"小貂子嘟囔了一句。

"怎么走开?"狐狸韦甘惊讶地问。

"用爪子!再不走的话,我就……我就给你点颜色看看,直到打得你满地找牙。明白了吗?"

"您的口音比较特别。"狐狸韦甘继续说道。这只陌生动物完全不像他想表现得那么咄咄逼人。

"一些东方飞来的鸟儿们就是用这样的口音说话的。您来自东方吗?"韦甘继续问小貂子。

"你干吗对我纠缠不休!"小貂子生气地回过头俯下身,四脚着地站着。"我不碰你,你也别碰我。"

"但您正准备在鸟类被严格保护的地区袭击他们!"韦甘有些生气地说。

"是吗?"小貂子也开始生气了,"那如果我是……个科学家呢。如果我正在进行……鸟类研究呢？"这只外来动物觉得自己奉公守法。

韦甘的态度激怒了小貉子。

"如果您想吃的话，我可以请您吃。"

韦甘这种态度上的转变令小貉子感到有些不知所措。小貉子原本是想打一架的。

"吃某种狗饲料吗？"

"是的，素食者吃的。"

"什么？"小貉子瞪大了眼睛，"你说吃什么，这个……怎么能吃？"

"能吃，我就是素食者。"

突然，小貉子一屁股坐在木质地板上，哈哈大笑起来。他笑得声音近乎嚎叫，以至于不一会儿就笑得完全没力气了。狐狸韦甘耐心地等待着，直到小貉子平静下来。原本带有金色纹理的灰色天空，这时已经变成了浅蓝色。云彩就像一群决定前往下一站的鸟儿，飘走了，将蔚蓝色珐琅质感的天空展露出来。

"我想邀请您到我家吃早饭。"

"改天吧。当然，还是要对您的邀请表示感谢。"小貉子站起身来。他沉默了一会儿，突然说道，"你们国家很贫穷。"

"哦？……为什么这么说？"狐狸韦甘有些惊讶。

"你们的垃圾箱都是空的。人民一定正在挨饿。"

狐狸韦甘笑了笑:"不是的,这里是另外一种情况……"

小貉子肚子里发出了一个响亮的咕噜咕噜声打断了狐狸的话。

"我去找些甲虫吃。再见!"

小貉子沿着台阶跑下去,他的身影消失在一簇簇茂盛的山苏花丛中。

关于人类的利己主义

回到家，狐狸韦甘在网上找到了一篇关于貉子的文章，可还是有许多弄不明白的问题，于是他在键盘上打出了几个问题。佩卡过来看了看屏幕，思考了大约十分钟，准备和韦甘谈一谈。

"我不明白，为什么你会突然对这种动物感兴趣呢？好像，这种动物是生活在远东地区吧。

"在二十世纪初，貉就被带到了欧洲，后来又被放归大自然。要问为什么？恐怕，你不爱听我说这件事。其实，人类这样做是为了能拿到更多的优质毛皮。

"以前，人类把地球上的所有野兽区分为有益的动物和有害的动物。人类认为，地球就好像是一个巨大的庄园，能够给他们提供吃穿等等。正因为如此，发生了许多愚蠢的事情！其中的一件就是，人类大大挤占了有益于动物的生存空间。

"但这些迁移而来的野兽里面有一些猛兽，猛兽们就开始伤害当地的小动物。因此有的动物整个种群都灭绝了。比如你打听的貉。这种动物就对鸟类的危害极大。

"如今，人类好像变聪明了。他们明白了，人类只是大自然的一部分，大自然内部各个物种之间的联系简直是太微妙了，不能如此粗暴地干涉种群之间的联系。要知道会有什么后果吗？你只要在一个地方猛地拨动一下这样的联系网，那么另一个地方的某个动物或植物就会消失。"

说完这些佩卡沉默起来，坐在沙发上专注地盯着脚上那双带有方格图案的鞋子。而狐狸韦甘却在猜想，难道这是故事的结尾？他还在耐心地等待，期望佩卡继续说下去。

"当然了，人们正在试图改正错误。但有些事情却已经无可挽回了！你无法让一百五十个已经灭绝的物种再活过来！而那些被人类迁移来的动物们该怎么办，怎么安置他们？造成这

一切罪恶的根源就是人类的利己主义！"

佩卡伤心地摆了摆手，不再说下去了，这段谈话令他心烦意乱。因此他从沙发上站了起来打算给自己倒杯咖啡。

狐狸韦甘则回到电脑前，打开了动物保护者协会的网站。

丹顶鹤

第二天早上，狐狸韦甘在去瞭望台的路上，听到一阵喧闹声。这声音是从树林中被暴风刮断的树木那里传出来的，獾子托伊沃就住在那附近。

狐狸韦甘感到十分惊讶，他改变了自己惯常的活动路线，打算去獾子托伊沃居住的洞穴那里瞧一瞧。在那里，獾子托伊沃正跟昨天的那只外来动物对骂。

"这是私人财产！你给我滚开！"

"胡说八道！当然有个舍友更开心啊！"

"这到底是怎么了！我都安安静静地在这儿住了两年了，谁曾想还有这事发生！"

"相信我，你会感觉很好的！你不在的时候，我看房子。我不在的时候，就换你来！"

"让我替你看房子？"

在一旁的狐狸韦甘知道，獾子托伊沃现在一定气炸了！

獾子托伊沃不满地对小貉子说道："嘿！这不要紧的！人们好不容易才见到你！黑尾巴！如果我是你的话，也会紧跟在亲戚后面的。"

听到这话的小貉子再一次激动不安起来。"谁好不容易来的？跟在谁后面？"

獾子托伊沃没有回答问题，而是转过身，脚步沉重地朝森林走去。

"真是什么事都有！"托伊沃嘟囔着说，"我还能去哪里？"

獾子托伊沃把树枝折得发出咔嚓咔嚓的声音，消失在遍地断枝的树林中，这时，狐狸韦甘才走到树洞这里。

"早上好！这里发生什么事了？"

小貉子看着被风暴折损的树木摇了摇头。

"獾子不知为什么大发雷霆。真想不明白。你看，这个洞这么大，一起住不好吗？"

狐狸明白了事情的原委。

"你怎么着，把他的房子给占了？！"

"我占的不是整个，只占了一半而已。这有什么关系吗？我们貉子总是这样做的呀。我们住在獾子的洞穴里，或者住在狐狸的洞穴里。当然，最好能住在獾子的洞穴里，狐狸的洞穴里气味不好闻。"

"是吗？"狐狸韦甘很惊讶，"这我可不知道！"

"你想不想听呀，我给你读一篇某个副教授的文章？"

"下次吧。"虽然有点好奇，但是狐狸韦甘并不想破坏他与獾子托伊沃的关系。

"你们都是受过教育的吧，这简直令人讨厌！"

狐狸韦甘原本已经打算朝小路跑去了，但又转过身来："我要跑去丹顶鹤那儿，该去向他们打听一些情况了。你想跟我一起去吗？"

小貉子有些犹疑，沉默了一阵子。

"你不会被他们啄伤？你到了他们那里，但愿你的鼻子能没事！"

"你说什么呢！我真的是受动物保护协会的委托在做事。"

"唉，好吧。可能獾子过段时间也会平静下来。"

他们沿着山丘向下走，来到小路上，在行为准则指示牌中间跑了过去。

狐狸韦甘今天走的路线与以往不同：韦甘和他的同路人绕过三层瞭望塔，然后前往小树林最远、最昏暗的尽头。

没有喧闹声的树林安静极了。保护区里到处是圆滑的巨石，石头的表面覆盖着浅绿色的苔藓，这使它们看起来像是浑身长绿毛的远古动物。在这里，针叶林比阔叶林要少。透过树林可以看得见卡尔胡年的部分田地，这块地与树林的北侧毗邻。在枝叶繁茂的树林里，灌木丛中时不时还会突然冒出来一些白色银莲，它们的形状就像小星星一样。

在保护区内还有第二座瞭望塔，第二座比第一座瞭望塔矮一些，只有两层，看起来有点像圆凳。狐狸韦甘和小貉子用爪子轻轻地蹬了几下树，就爬到了上面。

虽然从这里很难看到海湾，却能看见海湾北岸，那里长满芦苇，景色优美。线状的防护栏将北岸与田地、道路分隔开来。

"我们到现在为止还没互相认识呢。"用后爪站在小窗旁的狐狸韦甘说道。

"可我没有名字。"

"为什么？"狐狸好奇地问道。

"爸爸那时太忙了，没抽出时间给我起名字。你可以用父姓叫我'歪爪'。这是我唯一拥有的名字。"

"我叫韦甘。"

小貂子笑了一下。"看得出来，我们两个在名字这件事上都不太走运啊！"

大约有十分钟的光景，两个伙伴只是默默地仔细观察着这个长满芦苇的地方。有三对仙鹤在芦苇那里安了家。要不是丹顶鹤脑袋上长着深红色的丹顶，其实是很难辨认出他们的。丹顶鹤们已经醒过来了，然后将自己整理妥当。一只丹顶鹤穿过芦苇丛飞向一个棕色的大水洼，看来，丹顶鹤是想叼点青蛙吃。

"这是谁的脸？"小貂子冲栏杆下的一些图画点了下头。

在栏杆下面，流苏鹬、鹭和丹顶鹤的画像之间，还有一幅母牛的画像。

"爱尔夏牛。"

"难道这种奶牛也被保护吗？我想知道，奶牛们是不是有一些功勋啊？"

"功勋倒没有，在本地奶牛们可以代替拖拉机干活。"

"这有什么值得夸赞的呢？"

"你要知道，拖拉机会把草连根拔起，这对保护区来说是非常不利的。而奶牛呢，他只吃草的顶端，这样的话鸟就还可以在草中躲藏和筑巢。"

"原来是这么回事啊！这样做的结果就是，保护区的岸边不允许任何人来，而这些长角的动物却可以？"小貂子正努力地接收新的讯息，然后再提出问题。"那他们不会把鸟的巢当作草一起都吃了吗？母牛看起来可不太聪明。从俄罗斯来这儿的路上，我曾尝试着跟一头母牛交谈。我问他，我现在处在这个国家的哪个地区，离波的尼亚湾远不远，你知道，母牛是怎么回答我的吗？

"他说：'我没有全球定位系统。你问主人吧！'说真的，他是不是傻？"

狐狸韦甘笑了笑。"我们这儿通常不责骂别的物种。"

"是吗？那为什么獾子可以大骂貉子，辱骂貉子是'黑尾巴'？"

"这还不是因为你没有经过獾子允许就搬进他的房子里呀！"

"啊哈！原来如果别的动物得罪你的话，辱骂他们仍然是可以的！"

狐狸不知道该怎么回答，于是决定继续观察芦苇丛。小貉子则在画着鸟的标牌旁走来走去。

"这就是虚伪！依我看，最好立马明确态度，然后打一架，而不要常年生彼此的闷气。"小貉子说道。

"要是能跟那只丹顶鹤谈一谈就好了。"狐狸韦甘决定把话题转向不太棘手的话题。于是韦甘冲那只正在观察青蛙的鸟点了点头。"他比其他的丹顶鹤离我们近一些，也看起来比较善于交际。"

小貉子疑惑地看着芦苇丛，对狐狸说："我觉得，这只鹤的嘴比别的鹤更长一些。"

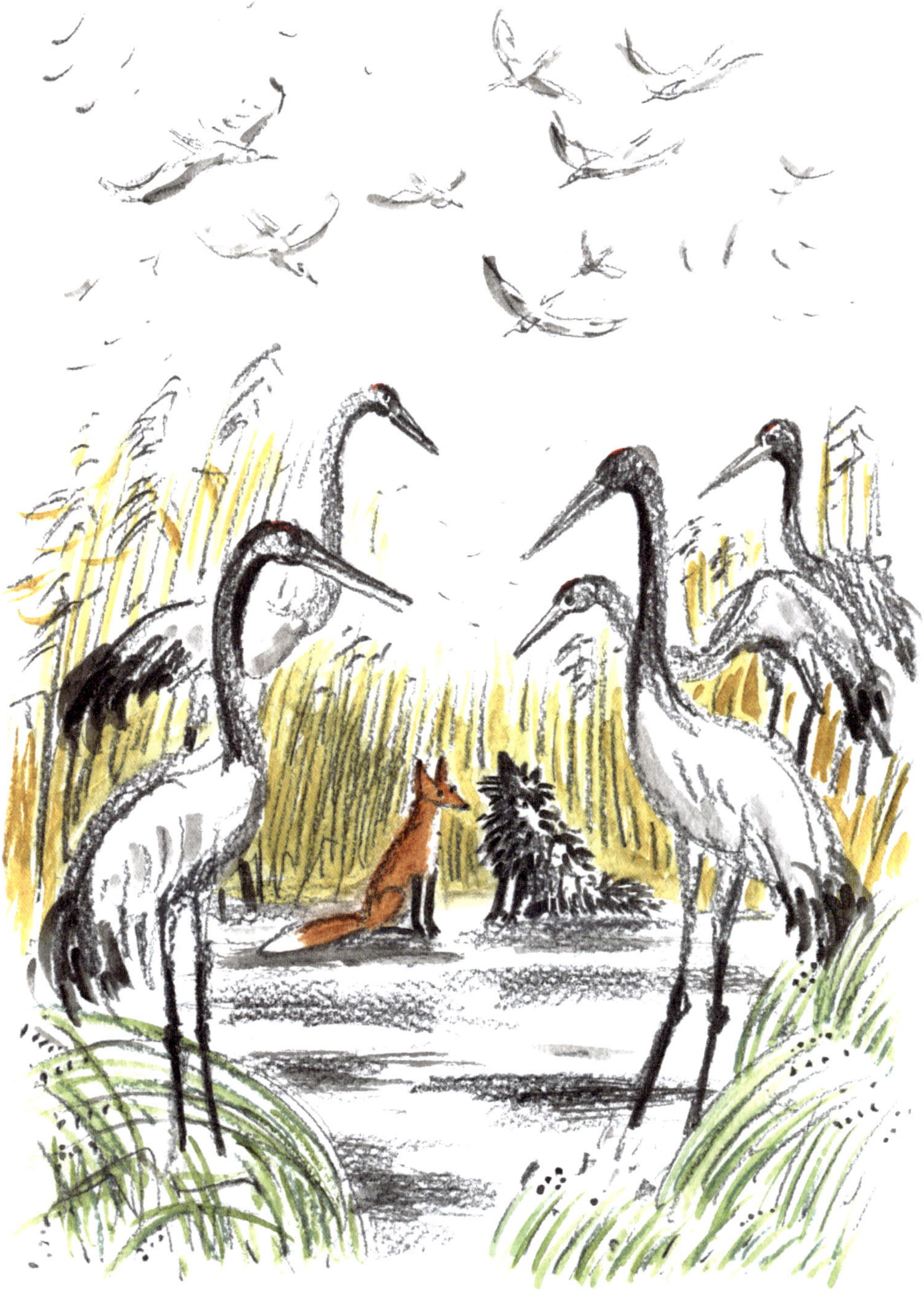

"是吗，那太好了！这就意味着，他多半是只领头鹤。"狐狸高兴地说。

小貉子不情愿地跟着狐狸韦甘从瞭望台上跑了下来，然后他们钻入了被风吹得沙沙作响的芦苇丛。

"我们干吗要找领头鹤？"小貉子一边问，一边眨了眨眼睛，因为芦苇顶端的草屑飞到他的眼睛里了。

"因为领头鹤了解鹤群的全部情况。领头鹤是经验最丰富的鹤！"

"啄的本领可能也最厉害！"

原来，这里的水洼比瞭望台上看到的还要多，初相识的这两个朋友绕过这些水洼，靠近正在脏水洼里翻掘食物的领头鹤。

"早上好！"狐狸韦甘对领头鹤说，"不好意思，打扰了。您能抽时间回答一下动物保护协会的几个问题吗？"

领头鹤将刚刚才叨住的青蛙又丢回水洼，站在那里，呆呆地望着这两个不速之客。几秒钟后，领头鹤竖起后背的羽毛，昂起头，发出类似号角的响声，附近所有村庄的人一定都能听得见这声音。周围的芦苇开始发出咔嚓的脆折声：其他的丹顶鹤都被召唤来了。

"我们得逃走！"小貉子惊恐地环顾四周，"恐怕，就算是奥尔洛夫副教授在这儿也帮不了我们了！"

狐狸韦甘现在终于明白了，拜访丹顶鹤其实真不是一个好主意。韦甘望着来势汹汹的鹤群，苦笑着说："他的确长着一个又长又尖的鸟喙。"此刻包围圈越缩越小。丹顶鹤切断了韦甘和小貉子回森林的退路。两个小伙伴现在唯一能做的，就是赶紧跳到水里。

"跟我走！"小貉子大喝一声，吓醒了被惊得呆若木鸡的狐狸韦甘。

灰色的和棕黄色的两只小野兽像箭一样，从两只动作迟缓的丹顶鹤中间飞跑过去，疾驰向满是鸟儿的海湾。

这下子，精彩的场面可开始了！看到在这两只小野兽之后，上百只鸭子用翅膀拍打着水面，声嘶力竭地叫着，急忙成群地逃离岸边。天鹅们还不清楚发生了什么，但也跟着大叫起来。数十只海鸥先是冲向天空，立刻又俯冲而下扑向这两只小野兽，鸟儿们尽力想把这两位不速之客啄得更疼些。长腿领头鹤的鸟喙如刀片般闪耀着寒光，他正试图从后面抓住这两只野兽。海鸥上面则是田夫鸟，他们发出了类似警笛的呼啸声。

瞬间，逃亡者被新的追击者一层又一层地覆盖住了，很快海湾里所有的鸟分成了两队。第一队鸟，例如鸭子和䴘，期望能够全身而退，等待着野兽的这次侵犯能够赶紧结束；而另一队鸟追捕着野兽，士气高昂，团结一心，捍卫着自己在海湾里宁静生活的权利。

如果保护区再大一些的话，不知道小貉子和狐狸韦甘又会有什么样的下场。狐狸韦甘和小貂子很幸运，保护区很小：他们两个一跑过保护区的边界，追击者的数量就立马变少了。当他们跑上乡间土道时，盘旋在头顶上嚎叫的只有最无耻的海鸥了。鸟儿们带着胜利的叫声飞回了海湾。

这两个小动物在满是尘土的乡间土道上停了下来，上气不接下气地喘着。他们的皮毛上沾满了污泥，损失惨重。狐狸韦甘还被割伤了鼻子。

"下次你要先想一想，你正在做什么！"小貂子愤愤不平，开始舔自己的伤口。

"但是我都说了，我们来自动物保护协会啊！"

小貂子听罢冷笑了一声。"你是一只野兽，可以随心所欲，想说就说！如果一个猎人拿着猎枪向你走来，说他是某个协会的保护者。你会相信他说的话吗？"

狐狸韦甘听完默不作声了。

这时，狐狸韦甘和小貂子听到了一阵喧闹声，就转过身去。一条小路从森林里延伸而出，蜿蜒地穿过开垦过的土地，沿着这条路从森林里驶出了一辆汽车，车头宽大，底盘较低，看起来就像一只吃饱的蜱虫。

两只小动物跑到路边，汽车从旁边驶过。有一股令人厌恶的气味扑鼻而来，小貂子皱起眉头。汽车上有一行白色的字"植物的美食——高质量的猪粪肥"。

"这是亚里·亚尔维年的车，"韦甘解释道，"他向农场主们售卖肥料。"

"这是一份换作谁都不会羡慕的工作！"小貉子说着打了个喷嚏，"看！刹车了！"汽车的确停了下来。从里面下来一个人，有点驼背，穿着飞行服，戴着一顶皱巴巴的黑色宽檐礼帽，盯着狐狸和小貉子。

"他干吗瞪大眼睛？"小貉子气愤地叫起来，"哎呀，眼睛瞪得那么大，都要爆出来了。"

亚里用袖子擦了擦鼻子，又钻进汽车里。他将汽车开到田野尽头的农庄，再拐到路边的一条小路上。现在可以看得见汽车右侧的车身了，上面写着："反动物保护协会——同蟑螂、老鼠和其他害虫做斗争。"

狐狸韦甘和小貉子一直望着汽车，直到汽车开到木房子的后面，消失了踪影。空气又变得跟以前一样了，是清新的海的味道。

"我一直在想，"小貉子说，"獾子托伊沃到底什么意思？"

"什么什么意思？"

"从獾子说的话来判断，我的先祖以前在这里生活过的。那他们到底跑到哪里去了呢？"

狐狸韦甘耸了耸肩，说道："也许，离开了？"

"离开这么多肥美的食物？"

"我也无法解释，因为我也没见过你的先祖。实际上我是去年才出生的。"韦甘陷入了沉思，"那为什么你不去问问獾子托伊沃？"

小貉子哼了一下。

"问是可以问。可他不会回答的。没看见，我把他惹恼了？"

这两只小动物走到乡间土道的中间，不慌不忙地沿着长满早稻的地垄沟小跑着。

"我建议你应该同幽灵谈一谈。"

小貉子立刻停了下来。"跟谁谈?"

"幽灵就住在山顶的那个庄园里。"

"那个地方只有不正常的人才会去吧?"

"怎么是不正常的人呢?那里住着画家、雕塑家、歌唱家……"

小貉子摇了摇头,表示反对。"画家应该画画,可他们都在做什么?有个画家,拆掉了窗户,打碎了玻璃,然后把窗户和碎玻璃搬到路中央。你绞尽脑汁想一想,你想一想,他到底想用这个表现什么?"

"我记得这件事!这是来自赫尔辛基的一位画家的作品,名为《悲伤的窗户》。依我看,这是一个很有趣的想法啊!难道你看到这个作品的时候不觉得悲伤吗?"

"还悲伤呢!真是不可思议,形形色色的骗子都能成为画家。你知道吗?就这,我也能。我从垃圾箱里拿出一个瓶子,敲碎,然后把瓶子放到马路上,于是《悲伤的瓶子》诞生了!"

狐狸韦甘笑了。

"我们现在谈点别的吧。在萨里庄园里有个幽灵,他在那里生活了两百年,可能会知道此地是否曾生活过貉子。你想不想去问问?"

小貂子从前跟幽灵打交道就一直很不顺利。小貂子小的时候，貂子妈妈刚刚开始读侦探小说，她老用可怕的幽灵故事吓唬他。那时候起，小貂子就对幽冥世界没什么好感。但小貂子又太想知道自己先祖们的命运了。

"好吧，我们走。但跟幽灵交谈这事就靠你了！"

幽 灵

虽然，幽灵在这庄园已经生活了两百年，比起幽灵，这座庄园更老。大约一千年前，那时庄园所在的这座小山的四周全是海水。后来海水退去，小山与岸连成一片，但庄园的名字却保留了下来，因为"萨里"的意思就是"岛屿"。

几个世纪以来，这个庄园的主人要么是伯爵和将军，要么是这些伯爵和将军去世后留下的悲痛欲绝的遗孀们。庄园里这座楼房的外观就随着这些主人的品位和时尚的变化而变化。

直到十八世纪末期，一位著名的瑞典设计师重新修缮了这座庄园。在他之后，这座庄园的美丽便再也无法超越，所以从那时起，庄园的主人们虽然换了一个又一个，但这栋楼却始终保持原样。

庄园的这些主人中最有名的当属奥古斯丁·埃列恩斯维尔德伯爵。他建造了海边要塞，并尝试在寒冷的芬兰种植水稻，这两件事令他声名鹊起。

二百五十年后，阿明诺夫家族成为萨里庄园的主人。这个家族虽然冠以俄罗斯姓，但实际上却是瑞典贵族。

在这一时期，也可能稍早一些，在庄园里出现了幽灵。

这也没什么不好，因为对于古老的庄园来说，幽灵的存在反而能够起到装饰作用。但郁闷的是，幽灵居然不知道，他属于谁。

当他来到这个陌生世界的那一刻，他的记忆彻底消失了。

这真是个悲剧！为此幽灵整日忧愁苦闷，试图回忆起自己的过往。

有时他觉得自己是奥古斯丁·埃列恩斯维尔德伯爵的幽灵，而有时呢，又觉得自己是约翰·弗列杰里克·阿明诺夫将军的幽灵。

竟然在某些时候,他觉得自己是将军的遗孀奥古斯塔·洛维萨·若泽菲娜的幽灵。

一旦到了这样的日子,幽灵就会觉得特别烦闷。于是在庄园里,时而这里,时而那里,常常能听到幽灵那沉重的叹息声。如果听到这样的叹息声,那些画家、雕刻家和歌唱家们往往会惊恐不已。

往日,幽灵不止一次地试图在庄园的主人们面前现身,期望自己能被他们认出来。他期待着能有一个人突然叫起来:"这不是约翰·弗列杰里克吗!"或者"哎呀!您快看一看!这就是奥古斯塔·洛维萨·若泽菲娜本尊啊!"但人们的表现却并不如他意,总是不约而同地大声哭号地叫道:"上帝啊!"可幽灵认为自己无论如何也不可能是这位啊。要知道,要想让上帝失忆,这简直太不可思议了。

幽灵因为不记得自己姓甚名谁,所以总是表现出一副闷闷不乐的样子。

经过漫长的岁月,庄园里有可能认出幽灵的人就越来越少,幽灵的叹息声也因此变得越来越沉重。

在跨越二十世纪时,幽灵不愿意再向人们吐露自己过往的秘密,也不在庄园居民面前现身了。

现在只有野兽们能看见幽灵,众所周知,他们比人类更善于同幽冥世界打交道。

二十世纪就这样糊里糊涂地就过去了。

幽灵越发不愿意离开石头地洞了，因为这个地洞不仅能让他想起埃列恩斯维尔德和阿明诺夫，而且还能让他想起许多以前的庄园主人，毕竟只有地下室里的一切都还保持着早些时候的样式。

但是出乎幽灵的意料，接下来的二十一世纪却使他的生活变得精彩纷呈起来。

庄园成为一座可以进行艺术创作的宫殿，很多艺术家从世界各地慕名来到这里。他们常常聚集在庄园宽敞明亮的大厅里，讨论自己的作品。在古斯塔夫时代的经典绘画和书籍的熏陶下，

幽灵变得热衷于研究艺术，积极参与这些艺术家们的聚会。但幽灵很快明白了，一百年来他几乎足不出户地待在地下室里，这导致他已经不能很好地理解现代艺术了。来自坦佩尔的一位电影艺术家拍摄了一部名为《生活》的电影，幽灵看过之后，意识到自己在艺术理解方面的确才智有限。这部电影在长达半个小时的时间里一直在展示，水是如何从水龙头里流出来的。电影放映结束后，观众们竟然掌声雷动，还热烈讨论起这部作品的思想和艺术价值，这让他大为不解。

看完电影后，幽灵一无所获，整晚在庄园周围一边徘徊，一边唉声叹气，感慨自己的艺术水准落后了。他甚至号啕大哭起来，好在那晚是满月，小狗卡尔胡涅娜狂吠不已，远处森林的狼群也不住地嚎叫，似乎，他们都对幽灵的遭遇表示同情。

聊 天

在离海边不远处的山顶上有一座独栋小楼,小楼的颜色黄得像山茶花,非常醒目。狐狸韦甘和小貉子将自己身上的污泥清理干净,然后沿着乡间土道,一路小跑来到山顶。

在庄园门口停放红色四轮马车的车棚旁边,停着一辆庄园访客的汽车，狐狸韦甘和小貉子从车棚旁边走过，然后拐向橡树林里的林荫道。

在树林的掩映下，林荫道的左侧和右侧，整齐地坐落着一些供访客居住的红白相间的小房子。此时里面的艺术家依然还在酣睡着，沉浸在凡人和动物们无法理解的梦境中。

房子的石头底座上承载着一扇笨重的灰色大门，小貉子和狐狸韦甘停在这扇门旁边。两座拱形楼梯像白色翅膀似的从门口向外延伸，这两座楼梯通往门厅入口，他们从这里可以进入正厅。

狐狸韦甘很熟悉这座房子，因为佩卡不止一次组织参观过这里。为了能制造更强烈的效果，狐狸有时会请求幽灵帮忙发出一阵呜咽声，或让地板发出吱吱呀呀的声响。幽灵总是心甘情愿地同意这个请求："不就是个娱乐嘛！"这些奇怪的声音给参观团的成员留下非常深刻的印象，更加印证了那些传言所言不虚。

狐狸韦甘推开门，沿石阶走下去，来到一个昏暗潮湿的房间。入口对面的天花板下面，有一扇带格栏的颜色发白的小窗户。虽然通过这扇小窗能照进来的阳光并不多，但仍能看清楚房间的内部，在地下室的拱门和墙面凸起处漂浮着一团云朵。这团云朵手里拿着一面小圆镜，置于身前，对着圆镜发出模糊不清的嘟囔声，只能听清断断续续的几个词语："奥古斯丁……

奥古斯塔……约翰·弗列杰里克？"

初次见到这幅场景的小貉子觉得毛骨悚然，仿佛有一条冰冷的小蛇从耳朵溜到了尾巴梢。

很快他又想到，要是妈妈在这里就好了，那样的话，她就能亲眼看到她曾在侦探小说中读过的场景了。其实，要是貉子妈妈真的看到幽灵的话，她天性敏感，肯定会尖声大叫，说不定她的尖叫声反而把幽灵给吓坏了。

就在这时，幽灵放下小镜子，将自己有脸孔的那一面转向客人们。但小貉子并没有看到幽灵的脸，能看清的只有三个模模糊糊的斑点，想必，就是幽灵的眼睛和嘴巴吧。鼻子需要看得更仔细些才能发现，或者压根就没有鼻子。这张脸是属于谁的？男人还是女人？这可猜不出来。

"您好！"狐狸韦甘微微鞠了下躬打了个招呼。

"您好！"小貉子也鼓足勇气说道。

"你们也好啊！"一个你听到一定会形容为阴森森的声音说道。

狐狸韦甘将头转向小貉子，冲小貉子笑了笑，说道："他总是用这样的声音来说话！"

小貉子觉得比起爸爸刻意制造的戏剧效果，这样的原声表演更加真实。

小貉子和狐狸韦甘走到幽灵的跟前，离他更近一些，他们现在注意到窗户照射进来的光已经直接穿透了幽灵的身体。

"请问，您以前在本地看见过这样的野兽吗？"狐狸韦甘朝小貉子点了点头问幽灵道。

幽灵再次用他两个行使眼睛功能的斑点看向小貉子。可怜的小貉子又再次感觉一条冰冷的小蛇从耳朵溜到了尾巴梢。

"确实，这里住过类似的畜生。我记得，大概十年前，这样的畜生在我们这儿的森林里出现过。只是后来就消失不见了，我不知道他们去了哪里。"

要是其他时候，小貉子肯定会因幽灵居然使用"畜生"这个词而感到生气，但现在他太激动了。

"您知道貉子们为什么消失了？这里食物丰富，还没有敌人。"

"敌人？"幽灵的脸孔突然变得忧郁起来，甚至斑点都从上面消失了，只留下了表面平平的淡白色的凸起。"年轻人，请允许我这样称呼您。敌人！总是有的。如果没有敌人，那就意味着，要么您只是没看见他们，要么您已经死了！顺便说一句，如果您问我的话，我会说，敌人是必需的！他们使我们的生活变得更紧张！他们使我们的生活充满意义！如果没有敌人，没有斗争，那么也就失去了生活的意义！相信我，年轻人，或者还是称呼您为'年轻的大人物'？请原谅，我不太了解动物学！只是，我已经过了两百年没有敌人的生活了，因此，我非常清楚自己在说什么！"

狐狸韦甘凝视着小貉子，见小貉子一直保持僵住的姿势，韦甘明白了，这场出乎意料的谈话已经把小貉子惊呆了，于是狐狸韦甘赶紧跟幽灵告别。

"非常感谢！我们走吧。"

韦甘把小貉子推到楼梯那里，沿着潮湿的台阶上到光亮充足的地方。

身后仍然传来幽灵对着镜子再次发出含糊不清的声音："敌人……我更加确信自己是约翰·弗列杰里克将军了！"

站在地下室旁边，两个小伙伴眯缝着眼睛，重新适应着日光。渐渐地，小貉子清醒过来了。

"你知道吗？我已经决定了。"

"决定什么？"

"我也要活上一个世纪，就是这样！"回忆起幽灵时，小貉子不由得哆嗦了一下。

"这真是个绝妙的想法！让我们来看一下，你该如何达成这个心愿！"

小貉子和狐狸韦甘绕过庄园入口处的破花坛，沿着伯爵的领地不慌不忙地迈着小步向前走着。

难怪这个地方如此吸引游客们！原来从这里可以看得见如此多的风景，有屋顶立着报警钟和风向标的谷物干燥房，有低矮的保存肉类的冰窖，甚至还能看得见比狗窝大不了多少的小小的房子，里面还有奶制品收购商曾经在那里留下的奶桶。

这里甚至有一个形状完美的圆形池塘。其实，这个池塘无论是在深度方面还是在所产的鱼类方面都平平无奇，池塘只是为了灭火才挖的。在池塘边上偶尔还能够同声音优美的青蛙交个朋友。

他们从靠边的客房窗户下面跑过去后，就来到挂有保护区地图的停车场。在那里他们告了别，然后各自回家了。

确切地说，狐狸是回家，而小貉子则前往獾子的洞穴。有个新消息獾子托伊沃已经跟新邻居和好并返回家中了。

小貉子的想法

在保护区的生活一如往昔，小貉子尽量不去打扰其他动物们的生活。他能吃多少鸟就抓多少鸟。小貉子甚至还研究了保护区标牌上介绍的本地特有的鸟类，只抓最普通的鸟来吃。

尽管小貉子几乎每天都能看到狐狸韦甘，但小貉子尽量不提起抓鸟吃这件事，以免伤了朋友的心。

休息日的时候小貉子通常会待在洞里,因为他害怕被某个动物保护协会的人看见。小貉子明白,一旦这些人不得不在貉子和鸟之间二选一的话,那么他们肯定不会选择把貉子留下来。

过去的一个月,小貉子广交朋友,认识的朋友可不仅仅是獾子和狐狸了。

那是和平常一样的一天,小貉子和好朋友一起站在瞭望台上数鸟的时候,小貉子说:"你还想知道丹顶鹤在哪儿过冬吗?"

"当然想知道啦!只不过现在丹顶鹤们不跟我们说话了。原本可以把传感器安在他们身上,这样秋天的时候就可以通过卫星观察他们的飞行轨迹了。只是动物保护协会现在可没有钱装这个啊!"

"可以把我固定在丹顶鹤的身上啊!这样便宜得多。"

"你说什么呢?"

小貉子用后爪挠了挠脖子,接着说:"我认识一对松鸦夫妇。他俩你也认识的,松鸦夫妇的巢穴就建在附近。我可以恳求他们飞到丹顶鹤那儿,好好调查一下到底是怎么回事。"

狐狸韦甘摇了摇头。

"松鸦不会同意的。他们不喜欢开阔的地方。"

"他们要是不同意的话,我会弄坏他们的巢穴!"

"你又不是貂!又不会爬树!"

"我是不会爬树。可松鸦并不知道啊!"

"听我说，这只不过是吓唬吓唬松鸦们！"

"是吗？谢谢。我才知道还能这样操作呀。"狐狸生气地说，"你要是这么干的话，很快所有人就不光反对你，而且还会反对协会的！"

小貉子怒气冲冲地说："那么你做选择吧！要么我们跟所有动物都和睦相处，就当什么事都没发生；要么就让松鸦对我们产生不满，但我们会知道丹顶鹤在哪里过冬。快选吧！选好把结果告诉我，怎么样，行不行？"

蔚蓝色的天空下，一群丹顶鹤的白色的身影在碧玉般的海岸上徜徉着，狐狸韦甘望着这幅图景，沉默了整整有一分钟。真过分！小貉子这个外来的家伙居然敢对本地的事务指指点点的，不过，小貉子似乎是对的！长远来看，之所以需要了解丹顶鹤过冬的信息，并不是为了好玩，而是为了保护这种鸟类，为的是有一天能在丹顶鹤飞行的路线上建立起一些保护区……

"唉，好吧。只是，请你尽量对松鸦们礼貌些！"

"不要紧！我会极其礼貌地对待松鸦的！"

这次谈话是周五进行的，过了两天，小貉子才办妥了这件事。因为这两天，保护区里挤满了鸟类爱好者。其实，再次与朋友相遇后，小貉子并不急于讲新鲜事了。

"你错怪我的方法了吧。"小貉子说。小貉子从瞭望台向海湾看去，还有半个小时天就亮了，此时的海湾看起来就好比黑色的纸张上面出现的紫色墨点。"松鸦夫妇在开阔地带飞得好好的！"

"真的吗？"狐狸惊叹道，"但愿是这样，那他们的巢穴会平安无事吧？"

"要不然还会怎样！完事了之后我就把倒掉的松树上的那一堆虫子的位置指给他们看，以此作为报答。"小貉子轻松地对韦甘说，"放心吧！幼虫们这回可立了大功了！"

突然，小貉子不作声了，因为他想到，这场谈话对这位素食者朋友来说不算太愉快。

狐狸皱了下眉头，但并没有责备朋友。

"丹顶鹤怎么样了？"

"总体上来说，如果松鸦以前不撒谎，那现在他们就更没必要撒谎……"

狐狸韦甘曾经一连几个小时都在观察鸟类，这使他变得很有耐心，但他现在打算用爪子挠小貉子……

"……那么，丹顶鹤们过冬的地方啊，就在这个……在法国。"

"原来如此？！"狐狸韦甘听完高兴起来。

"而大天鹅过冬的地方呢——就在瑞典南部和丹麦。"

"喔唷！厉害呀！"

"那还用说！"

小貉子笑了笑。狐狸韦甘一直盯着小貉子看。

"你还有什么事没说吧?"

"好吧。灰雁快要飞到克罗地亚、斯洛伐克和波兰过冬了。"

"您简直太棒了!"

"难道我跟你之间还得用'您'来称呼?"小貉子惊讶地问道。

"你误会了,我指的是你们①,就是你和松鸦。"

"啊……"小貉子拖长声音不经意地说道。但狐狸韦甘来了精神头。

"我们协会这么多年来一直试图获取这些数据!现在我也应该为你做点什么了!"

"算了吧……"这回是小貉子倒有些不好意思了。

"不,你想一下!可能,你还需要点儿什么?"

小貉子看了看海湾。对小貉子来说,每一天他都会发现自己有一些新的改变。小貉子太喜欢这样的生活啦!他饶有兴致地想知道海湾眼下变成什么样了?

如今小貉子的毛发正在慢慢由青灰色变成灰粉色,就好像从海的那一边升起了个火球,他把小貉子烤变色了似的。

"这个小貉子到底需要些什么呢?"狐狸很想知道,如果换作是他的话,是不会拒绝那些睡在岸边的鸟儿们的。要是能吃

---

① 俄语中"您"和"你们"是一个词。

上大雁肉就再好不过了！他从不把天鹅看作食物，哪怕是想象时也不会，因为这种鸟简直太大了！当然了，狐狸这么说是另有所指的。

"也许，我得给我爸妈写封信。他们一定在担心我呢。"

狐狸韦甘摇了摇尾巴。

"有地址吗？"

"当然！我们国家就和你们国家一样，是个文明的国度。"

"那就去我那儿吧。我们写一封信，顺便把鸟类过冬的数据储存起来。"

小貉子有些犹豫。说实话，他不想轻易离开森林。但与此同时，他又非常想看看，他这个不同寻常的犬类家族的亲戚①生活得怎么样。

"好吧，不过午饭前我必须得赶回来。"

"干吗？"

"我不是说过了嘛！回去吃午饭。"

"你就在我那里吃吧！"

---

① 亲戚：狐狸和小貉子同属于犬类家族，所以这里称为"亲戚"。

信

从树林到村庄，要沿着马路向前。对小貊子来说，无论如何，这可不是一次开心的旅程。小狐狸韦甘喜欢在柏油马路上奔跑，而小貊子呢，则恰恰相反，并不喜欢。小貊子甚至能感觉到，自己爪子上的肉垫都快磨没了。除此之外，小貊子还得尽量在更靠近树林的一侧奔跑，这样的话，一旦遇到危险，他就能赶紧躲到路边的灌木丛里藏起来。

这一路过来，有一段是最令他讨厌的，因为路两侧的房子都紧挨着马路，当小貉子和小狐狸韦甘这两个不速之客经过时，房子里面的狗就狂吠起来。狗们声嘶力竭地狂叫着，就是想告诉所有人：马路上有野兽！

狗容不下小狐狸和小貉子。狐狸韦甘对此毫不在意，然而可怜的小貉子却害怕得直发抖，一刻都无法在路边停留，也顾不上怜惜自己的爪子，拼命在马路中央狂奔。

好在这段路他们很快就跑过去了，然后来到公路边的一个加油站旁，这个加油站就位于图尔库和库斯塔维这两个城市之间。公路上车来车往，他俩趁着汽车停下来的空当，跑到了马路对面，来到一个村庄里，小跑着继续前行。

这一路上遇到的人真多啊！弄得小貉子都不知道该往哪里躲了。他好后悔啊！就是因为自己太好奇，才贸然踏上了这个可恶的冒险之旅。

看到小貉子和小狐狸韦甘时，一些人冲他们挥了挥手。小貉子却以为这些人在朝他扔石头，他被吓得够呛，几次把身体紧贴地面，或者猛地跳开。但后来小貉子明白了，这些人和韦甘非常熟，他们之所以这样做，只不过是在欢迎韦甘而已，这令小貉子惊讶不已。其实大多数人都不太关注这两只小野兽，似乎他们就是普普通通的猫啊、狗啊。

就连乡村中学的孩子们也向韦甘问好，然后平静地从旁边走过。对小貉子来说，这简直太震撼了！从前，小貉子和父母居住在别墅旁边的洞穴里，那些别墅里也有一些孩子，他们的脾气秉性，小貉子还是很清楚的。尽管小貉子对奥尔洛夫副教授念念不忘，但没法像奥尔洛夫副教授那样，把这些孩子看作栋梁之材，在小貉子看来，这些孩子就是强盗，并且是最凶残的强盗。

村子的中心有一家小银行，边上还有一个畜牧场，那里饲养着健壮的小矮马。小貉子和韦甘顺利地穿过村子的中心，来到村子的边缘。又走了一小会儿，他们两个才到达佩卡家的门廊。

这栋房子被称为"老兵之家"。房子的主人佩卡刚刚睡醒。此刻佩卡觉得自己的精力已经相当充沛了，但遵照医生的建议，他还不能去潮湿寒冷的树林，以免疾病复发。但佩卡已经开始组织集体游览了。

佩卡不慌不忙地把咖啡粉倒进咖啡壶里，再倒满水，然后漫不经心地看了看窗外。随即，他的脸上露出了微笑，因为小狐狸韦甘正向他跑来，但他马上又皱起了眉头，令他困惑不解的是，韦甘居然不是独自回来的。在好奇心的驱使下，佩卡穿过走廊，打开了门。小狐狸韦甘冲他点了点头，然后朝书房跑去。一只不知道从哪里冒出来的貉子，也像韦甘那样，冲他点了点头，打算跟着韦甘跑向书房，这令佩卡十分惊讶。这只貉子看见佩卡，就一直盯着他，身体倚蹭着挂在衣帽架上的外套，好把脏兮兮的那侧身体擦干净。这件外套是佩卡昨天开动古老的洗衣桶，费了好大力气才揉搓干净的。被小貉子当成了抹布的外套悲愤地摇晃了几下，扑通一声掉到佩卡的脚边，仿佛在哀求佩卡保护他。

佩卡站在走廊里，若有所思。他望着这件外套，足足有一分钟的光景，仿佛之前压根就没见过这件衣服一样。佩卡非常想知道，到底发生了什么？但作为一名真正的绅士，他尽量不干涉别人的私生活，即使是他的宠物的私生活，他也不想掺和。因此，他只是把外套挂回了原处，然后就去喝咖啡了。他知道，如果韦甘有需要，会叫他的。

回家后，小狐狸韦甘就跳上椅子，启动了电脑。小貉子则接受韦甘的盛情邀请，坐到了沙发上。趁电脑正在启动的间隙，小貉子用爪子摸了摸柔软的沙发表面。从妈妈的侦探小说中，他知道沙发这个物件，但看到真正的沙发，这还是第一次。

"现在可以叫我'沙发貉子'了！"小貉子一边说着，一边换了个更舒服的姿势坐着。

韦甘突然说道："听我说，你的父母想必懂俄语吧？"

"那还用说！"

"可我只会用芬兰语打字啊，或者用英语也行。"

小貉子站起身来，神情有些沮丧。

"那就是说，我这趟白来了是吗？"

韦甘急中生智,想了一会儿说道:"我倒有个办法。网上有翻译程序。我们可以用芬兰语把信写出来,然后再翻译成俄语。"

于是,他们开始写信。

"爸爸妈妈,你们好!"小貉子一字一顿地口述道,"我从天堂给你们写这封信……"

小狐狸韦甘敲键盘的爪子停了下来。

"你要干吗,想吓坏他们吗?"

"你就接着写吧!我知道自己在说什么!"

于是韦甘动"爪"继续打起字来。

"我从貉子天堂给你们写这封信。原来真的有貉子天堂啊！这里有许多美味的……还是换句话说，其实我想说的是，有很多稀有鸟类。既有大雁，又有天鹅，鸭子就更甭提了！这里的鸟好多啊，多到我都厌烦了！不过，这里的人啊，都很贫穷……"

"天呐，我忘跟你说了，我们这里用专门的容器处理生活垃圾，所以垃圾桶里是没有食物残渣的。"

小貉子一听到这话，就表现得气愤极了，连脖子上的毛都竖起来了。

"得了吧，你要知道，这可是反人道主义的罪行，换句话说，也就是反动物的罪行！到底需要扔多少食物，才能填满整个容器！"小貉子生气极了，用鼻子呼哧呼哧地吸着气，不再说话。过了一会儿，小貉子又开口了："好吧。我们写到哪儿了？现在来说说你的事。我认识了一只狐狸。他同自己的主人住在一起。这只狐狸不吃肉，因为他为动物保护协会工作，而这个协会是禁止吃肉的……"

"根本不是禁止。我们这里有很多人是吃肉的。埃里克松，动物保护协会主席，他就吃肉。"

"那你为什么不吃呢？"

"我喜欢鸟，怎么能吃呢。"

小貉子若有所思地看了看窗外，那里有一棵低矮的老苹果树，枝条微微摆动。

"好奇怪啊！我也喜欢鸟。但恰恰因为喜欢才吃鸟！如果我不喜欢鸟们，那我也就不吃了。比方说，我不喜欢蛇，所以也不吃蛇。"

"可能，在某种程度上，我对鸟的这种喜欢比较另类吧。"

小貂子沉默了一阵子，然后言归正题，继续口述信的内容。

"我现在住在獾的洞穴里，只不过我碰到的这只獾不太友好，他让我赶紧回俄罗斯去。我觉得，他是一个自私自利的家伙。爸爸，你还好吗？现在还和狗搏斗吗？或者已经戒掉这个习惯了？妈妈，你又读了什么新书？你们给我写信吧，地址是……"

"他们该按照什么地址回信呢？"小貂子转向韦甘问道。

"地址？我会写在信封上的。"韦甘回答道。

"你们按信封上的芬兰地址给我写信吧。"

韦甘将这封信翻译成了俄语，用打印机打印出来，然后将信折好塞到信封里。

"你说一下地址。"

"俄罗斯，列宁格勒州，罗辛斯基公路，乌什科沃车站里的垃圾箱。"

韦甘将信封封好后，把信交给了佩卡。佩卡则好奇地看了看这封信。

"需要邮走吗？"

狐狸点了点头。

"好的。今天我要带一个参观团去游览教堂。到时顺便就把信投到信箱里。顺便说一下,如果你们想去的话,我们可以一起出发。"

韦甘回头看了看自己的朋友。

"你跟我们一起去吗?我建议你一定得参观参观缪尼亚米亚基市。这座城市非常美丽。"

小貉子疑惑地看了看佩卡,他正开心地喝着香醇的咖啡。

"我还没吃早饭呢。我很难空着肚子回答这样复杂的问题。"

"这不成问题!"

面对小狐狸无声的请求,佩卡给这两个小动物倒了两份素食饲料。令小貉子意想不到的是,素食饲料并没有那么讨厌,闻起来有点肉味,只是吃起来味道还不太习惯。

吃完早饭后,小貉子有点无精打采,但还是跟着小狐狸往屋外跑去。令他感到惊讶的是,佩卡竟然不锁大门。由此,小貉子断定,今天啊,韦甘将失去电脑,而他的主人呢,将再也看不见他的咖啡壶了。可小貉子又不想批评朋友,他已经厌倦批评谁这件事了。

"等东西被偷光,他们就知道锁门了。"小貉子想道。

佩卡没有锁门。他只是在灰色小汽车里坐了好一会儿,然后认真地系上安全带。小貉子爬上汽车后座,他担心自己也会被安全带绑住,就像栓了链子的狗一样。所幸并非如此。

汽车从一条长满金银花的小巷子里慢慢地驶出,然后开上马路。这一路上小貉子神经紧绷——他第一次坐汽车,不知道接下来会发生什么事。汽车行驶的速度越来越快了,道路两侧的房屋开始在窗外闪过。小貉子感到害怕了。他先是眯缝起眼睛,然后又用一只眼睛偷瞄了一眼小狐狸:他正平静地望着窗外,若有所思。小貉子闭上了双眼,开始哽咽起来。他觉得,车子的速度这样快,极有可能会出事。

五分钟后,小貉子终于镇定下来,透过眼睛眯成的小缝,开始不时地看看窗外。

房子已经看不到了，取而代之的是带状的田地，一些如步行虫一般的拖拉机，正在那里耕地。一只丹顶鹤在一块田地里走来走去，认真地在耕地里捡着什么。

穿过铁路道口，汽车开始放慢了速度，拐了个弯，就又开始在一栋栋房子中间疾驰前进。但这些房子比较高，间距也更近。道路一边写有"缪尼亚米亚基"的一块黄色的指示牌一闪而过。佩卡、韦甘和小貉子的车驶入了城内。

整洁的人行道上，一些人骑着自行车前进着；还有一些老年人，他们走路时倚靠着样式奇特的带轮子的手推车；一群小学生奔跑着，身上背着各种颜色的背包，看起来就像一只只背着水果的小刺猬。一家大型玻璃商店旁边也聚满了人。

最令小貉子感到惊讶的是，一些味道最为鲜美的野鸡，正沿着郁郁葱葱的街道行走着，一点也不怕人。小貉子的肚子啊，尽管已经被人造肉填满，但仍然发出了愤怒的抗议声，咕噜咕噜地响了起来。

这时，汽车绕过十字路口，又拐了个弯，停在了一座高高的石头教堂旁边，在这座教堂周围的是一棵棵枝繁叶茂的古树和一些坟墓。

小貉子从车里跳下来，四面张望起来。有两位老妇人正在墓地里走着，而稍远一点的小广场上，几位少年踩在奇怪的带轮子的板子上，沿着扶手轰隆轰隆地上下滑行。

空气中稍稍能闻到一点汽油味,小貉子深吸了一口这样的空气。他突然有了一个心愿,将来的某个时候,他也想被埋在这样一个迷人的墓地里,到时也有这样可爱的老妇人带着花束来祭奠。不过,这样的场景,他那时肯定是看不到了。

佩卡有些不安地看了看手机上的时间。

天空蓝白分明,就像芬兰国旗一样。一只白尾巴海鹰在空中翱翔,想必,他正在猎捕城里的野鸡。

教堂旁

五分钟后，一辆载着游客的汽车抵达教堂前。佩卡高兴地上前欢迎他们，然后从背包里取出那把用购物袋包着的巨大的钥匙，将游客们领到那扇沉重的包着铁皮的大门那里。

"我们不去那里吗？"小貉子不解地问道，"他好像没喊我们。"

"不可以带动物进教堂。"

小貉子皱了皱眉头。

"又是这样！你们不是说要善待动物的吗？那要是我想祈祷呢？"

"你有信仰？"小狐狸疑惑地问道。

"既然存在貉子天堂，那就意味着，应该有貉子上帝！我觉得，这是理所当然的。"

韦甘笑了笑说："那他会不会惩罚那些在自然保护区狩猎的家伙呢？"

小貉子沉下脸来。他转过身去，开始细细打量起这座教堂。

这座教堂简直太大了，就像一块圆形巨石，教堂上面的灰色屋顶，就像干枯的苔藓一样。入口上方的钟楼里，寒鸦的鸣啼短促而清脆。

"那就是说，鸟是可以进去的？"

"寒鸦是我们城市的象征。早在教堂建好之前，他们就一直生活在这里。"

小貉子叹了一口气。

"那我们去墓地走走吧，当作是饭后散步了。也算是某种娱乐吧！"

韦甘同意了。

这里很安宁，就是墓地该有的样子。一些用黑色、灰色和红色花岗岩雕刻而成的墓碑旁，摆着一些燃烧的蜡烛。有几个老妇人正在收拾整理坟墓上萎蔫的花圈。

突然，小貉子感觉到，后背上仿佛跳上来一只青蛙。原来是那团熟悉的云也出现在墓地。

"快看！他也在这儿！"小貉子低声说道。

教堂高墙旁有一些了不起的大人物的坟墓，庄园里的那个幽灵正在那里徘徊着。

"我很想知道，他在这里做什么？"韦甘小声说。

"我对此根本不感兴趣。"小貉子看了看旁边那辆舒适的小汽车。

"应该和他打个招呼。"

"那你去跟他问个好吧。"

"一个人去不够礼貌。他会生气的。"

他俩争论的时候，这团云朵正在向他们靠近。

"您好！"韦甘说完，为了提醒小貉子讲究礼节，又推了推小貉子。

"您好！"小貉子含糊地说，同时尽量不去看那张没有鼻子的脸。

"啊！我好学的朋友们！咱们又见面了！你们是来探望朋友的吗？"

"不完全如此。佩卡带我们来参观教堂。"

"是佩卡·维尔塔年吗？哦！他是一个踏踏实实钻研学术的人！品德十分高尚！"

"您在这儿做什么呢?"韦甘好奇地问道。"是打算来这儿散散步吗?"

幽灵用他那当嘴巴用的圆点叹了口气。

"对于在萨里庄园里查明自己身份的这件事,我根本不抱希望了,因此决定来附近的墓地碰碰运气。完全有可能,我是个男人,被葬在……"他停顿了一下,"……或者是个女人,就被葬在这儿的某个地方。倘若果真如此,我一定能感觉得到!"

"那怎么样了,"小貉子怪里怪气地问道,"有什么收获吗?"

幽灵没有听出小貉子话里的讽刺和挖苦。

"唉,我暂时还没什么收获。年轻人,或者,年轻的大人物?这个问题我似乎还没弄清楚。好在,这附近有不少墓地,所以还有希望。常言道,不到最后一刻,就不能轻言放弃。"

说这些话的时候,幽灵意气风发地看向周围的墓碑,这些墓碑的表面被打磨得很光滑,在阳光下熠熠闪光。

"好了,年轻人,咱们以后再见吧!我还有半个墓地没看呢!"

十分钟后,佩卡领着观光团从教堂里走了出来。他锁门时,沉重的大门吱吱作响。锁好门后,他就把钥匙再次包好放进了背包里。观光团的人们正向停车场走去。小貉子和小狐狸则一路小跑,紧随其后。

打　架

小貉子很开心地以为不久之后，就能回到他所熟悉的舒适的森林了。

原本城市里的生活像钟表一样规律而宁静，但非常突然地被打破了。

教堂对面是一排商店，有一位上了年纪的先生，挂着雅致的黑色手杖，正沿着商店门前的马路走着，手里还牵着一条同样上了年纪的黑白花狗。

突然，这条花狗的眼睛变得犹如红樱桃一般，那是因为他发现了在街对面大摇大摆奔跑的野兽。花狗一定是冲昏了头，全然忘记了自己的风度和自己的社会地位，发出了低沉的怒吼，猛地挣脱开老人手里的缰绳，朝鱼鳞般闪闪发亮的马路猛冲过去。一辆汽车的刹车发出惶恐的吱声后停了下来。韦甘还没来得及弄清楚是怎么一回事，一股巨大的力量将他撞向暖烘烘的马路，紧接着，他的喉咙就被咬住了。小狐狸在空中蹬了蹬细细的小爪子，然后砰的一声，摔倒在石头上。

佩卡和游客们吓得呆若木鸡。那个瞬间，整个城市仿佛被恐惧笼罩。一直表现良好的城市运行机制出现了故障。对于生活中突如其来的麻烦事，小貉子早已习以为常了。这个时候，也只有他，当众人被凝固在这幅静止不动的画面中时，依旧能够应对自如。只见小貉子用力一蹬人行道，朝花狗猛扑过去，收紧的下颌骨，死死地咬住花狗的喉咙。这条大狗惨叫着，但仍然没有要放开韦甘的意思。现在狗咬住了小狐狸的喉咙，而小貉子咬住了狗的喉咙。小狐狸发出低沉的呼哧呼哧声，爪子抽搐着。狐狸韦甘身下的鹅卵石已经被血染红了，变得就像快要成熟的西红柿一样。

其实，这一切从发生到结束不超过一分钟，但这一分钟，就像手风琴的风箱一样，被拉长了。

这时，狗摇晃了几下，身子一歪，松开了韦甘，然后花狗就拖着小貉子这个毛皮围脖奔向主人。在离老人还差几步远的地方，小貉子松开了自己的下颌骨，他可不想被手杖敲打脑袋。

小貉子被一小绺白色狗毛呛得脸涨得通红，咳嗽了一下，慢慢地往后退去。

城市又开始正常运转起来，恢复了生机。

佩卡用颤抖的双手将韦甘抱了起来。韦甘还活着，几乎完好无损，尽管韦甘觉得自己快要死了，离那些在教堂旁边找到最后栖息地的人是如此之近。比佩卡稍晚一些时候恢复神智的游客们纷纷向小狐狸韦甘提供帮助，尽管韦甘已经不需要了。

突然，停车场上空弥漫着一股难闻的气味。在停车场边上，不知从哪儿冒出了一辆反动物保护协会的汽车。亚里·亚尔维年从车里下来，双手插在口袋里，开始好奇地看着眼前发生的一切。亚里戴着黑色宽檐帽，看起来就像一枚钉子。

那位上了年纪的先生神情懊丧，打量着浑身是血的狗。这时，亚里不慌不忙地穿过马路，走到他跟前。

"先生，您好，"亚里说，"唉，您看起来心情不太好啊！您的狗接种了吗？或者想想别的办法？"

这位老人不太明白，这个浑身散发着浓烈臭味的家伙到底想干什么。

"我是说，您的狗接种狂犬疫苗了吗？不然的话，貉子可是会传播狂犬病的。"亚里一边说一边扭过头去，看了看正把韦甘往车后座安放的佩卡，"顺便说一句，狐狸也是会传播狂犬病的。所以，先生，你的狗可能很容易会死掉！"

"我的狗打疫苗了！"老人厉声说道，"你的建议根本就是多余的！"

他快速把狗拴在路灯杆上，然后拄着手杖，穿过马路，朝佩卡走去。

亚里期待着看一场争吵大戏。但老人让他失望了。老先生向佩卡道了歉，并提出支付小狐狸的医疗费。其实，如果说小狐狸需要医生的话，那需要的也绝不是兽医，而是心理医生：他受到了严重的惊吓。

失望的亚里双手依旧插着兜，走回停车场。

"这只棕红色的家伙怎么样了？"亚里问佩卡，"还有气吗？看来，还有气。这畜生生命力挺强啊！"

佩卡并不想搭理亚里。

"你听我说，朋友，我就是想打听点事。你知道的，这个教堂里有一群寒鸦……"

"那又怎样？"佩卡看了看亚里那张有些僵硬的脸。

"鸟粪会弄脏我们的圣地！我的反动物保护协会能妥善解决这个问题。这事对你有好处，我能帮你捞到不少油水！咱俩互利共赢。你说对不对？"他从口袋里取出一张折叠过的纸，"你看，我这儿有正规价目表。"

佩卡的脸色立刻由白变红，变化得如此之快，把小貉子吓了一跳。他以前一直认为，能用这样的速度变色的只有萤火虫。

"自打教堂建成，这些寒鸦就一直栖息在这里！"

"我就说嘛，文物古迹之所以荒废了，就是寒鸦造成的。"亚里晃了晃头上的帽子说道，"那就是说，关于价钱……"

"寒鸦是我们城市的象征！"佩卡说这话的时候几乎是在怒吼了，"您要干什么？提议毁灭城市的象征吗？您是不是还想朝芬兰国旗打上几枪？"

"怎么还把国旗扯进来了？"亚里的额头蹙起，看起来就像需要施肥的狭长的地垄沟。"我在说鸟呢！"

佩卡本想大骂一顿，但作为一个真正的绅士，他还是克制住了。他把小貉子赶到汽车里，跟游客们点头致意表示告别，然后啪的一声，使劲关上车门，试图用这种方式表达自己内心此刻的感受。受到惊吓的寒鸦们飞到墓地的上空，在那里盘旋聚集，他们还不太习惯。毕竟，在栖息地听到喧闹声，这是一件稀罕事。

亚里尴尬地笑了笑，目送着这辆灰色的汽车离开，直至汽车拐过一家超市，消失不见。

卫生监督员

第二天,亚里去拜访了缪尼亚米亚基市的卫生监督员。亚里还没进门,监督员就已经能够闻到拜访者身上特有的那股气味。

监督员是一位肥胖而有些笨拙的女人,戴着一副方框眼镜,鼻子硕大,就像木工的刨子一样。她疑惑地吸了几下鼻子,就警觉起来,她判断,这气味对健康有害。

她本想站起身，去寻找这气味的源头，但这时门被打开了，一个满身臭气的人走进了房间。

"早上好！"亚里摘下那顶黑色帽子，然后又立马戴上。他害怕蜱虫，为了保护自己的头，尽量少摘帽子。当然了，卫生监督员的办公室里是最不可能出现蜱虫的。可是亚里还是觉得谨慎点好。"我姓亚尔维年。我们在推行消灭隐翅虫计划时打过交道，您还记得吗？"

"发生什么事了？"监督员问道，声音低沉，语气生硬，配上她有些笨拙的身材，也就见怪不怪了。

"出岔子了。传播者满城跑。"

"请把话说清楚点！"监督员的语气变得更生硬了。

"怎么不清楚？昨天一只貉子差点害死一只家养宠物狗。你知道这事发生在哪儿吗？就在市中心的广场上！我在保护区见到过这只野兽。貉子肯定还在那儿捕食过珍稀鸟类。"

监督员皱了皱眉毛，竖起的眉头顶着眼镜框，形成了个直角。

"您认为貉子可能会传播狂犬病？"

"当然了，不能说百分之百吧，但好像也差不太多。"亚里将双手插进口袋里，得意地说。

监督员用又粗又短的拳头顶着桌子，站起身来，桌子被压得都变形了，还咯吱作响。

"行动吧！"

"那经费问题怎么办？……"

几分钟后，亚里走出了房间，他手里拿着银行支票和捕捉貉子的许可证，嘴里发出类似蛇吐信子的咝咝声，如果非要形容的话，可以认为他是在吹口哨。

"赚头虽小，"他低声说，"但积少成多啊！"

亚里将支票藏好，走到洒满金色阳光的广场上，再穿过马路，来到咖啡馆，冲玻璃门上自己的身影笑了笑，然后走了进去。

他担心自己身上的气味会惹恼店里其他的顾客们，不敢贸然在那里待得太久，于是就端着一杯咖啡，在人行道上找了张小桌子坐了下来。

从海边飘来一朵长长的云彩，仿若一大群白色的海鸥在展翅翱翔。超市对面的街道上，五颜六色的旗帜随风飞舞。当阳光正要照到亚里的脸时，他很快地调整了一下帽子，使帽子歪斜着，这样就可以让自己的脸笼罩在阴影里了。他希望尽可能别引起路人的注意。

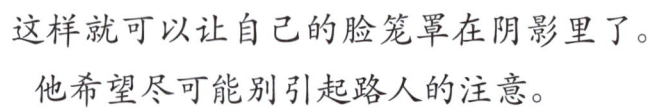

亚里在小桌旁坐了两个钟头，自己喝完了六杯咖啡，还请动物保护协会的两个成员喝了四杯咖啡。他们聊天气、新车和老朋友，这样的聊天对于芬兰的城市生活来说，是再平常不

过的，聊着聊着，亚里居然巧妙地将话题引到了佩卡和小狐狸身上。就是佩卡和小狐狸在一起的时候，亚里看见了小貉子。

当白云变成美丽的粉红色棉花时，亚里打算回到车里去，此时的他，肚子里装满了咖啡，耳朵里也听够了关于缪尼亚米亚基市的生活琐事，其实这些信息他根本就不需要。现在他知道该去哪里寻找猎物了。

落日的余晖照在亚里的身上，轻推着他的后背，似乎想把这个讨厌的、臭烘烘的人尽快赶出去，好让城市变得清新起来。

鸟

这几天来，都是小貉子独自去数鸟。韦甘把佩卡的鉴定手册费了老大的劲翻译成俄语，然后复印了一份。小貉子就利用这个副本来数鸟。但小貉子没有工具可用来记录鸟的数量，所以往往到了第二天，又都忘记了。为了这事他变得闷闷不乐。

日子的确是一天比一天好了！这些好日子就像节日彩旗上的装饰花带一样灿烂多姿。

森林里处处飘荡着苍头燕雀的歌声。田间的鹨（liù）在乡间小路的上空啁啾婉转，唱着灵动的花腔。小貉子试图见一见这些歌唱家，可歌唱家们总是沐浴在耀眼的金色阳光里，迎着太阳歌唱，假如你执意要看上一场他们的演出，那只会让你感到头晕目眩。

就连松鸦也偷偷尝试着，想把自己的嘶哑声和呼哧声变成某种歌声。但这歌声每次听起来都很拙劣，就像他们的巢穴一样。

在儿童窗口观测完毕后，小貉子穿过田野，跑向保护区的尽头。这里的森林太小了，称其为"小树林"才更妥当。在这里甚至都找不到地方再建一座瞭望台。不过，海边有一处粉红色的花岗岩峭壁，就像一条被冲上海岸的鲸鱼，这条小路就通往那里。从峭壁那里可以欣赏到整片海湾的美景，足以让你为之倾倒。

如果瞭望台可以让观察者们从高处，以旁观者的角度俯瞰保护区的生活，那么这条石鲸则使他们深深地沉浸其中，不能自拔。

也只有在这个地方，才能实实在在地见识到大天鹅们的数量和力量，而他们才是保护区真正的主人。

鸟类的数量日渐增多起来。数量庞大的鸟儿们，好似摇晃后玻璃球里飞舞的雪花，不停地飞到空中，然后俯冲入水。

有时候，这样的场景会令小貉子感到头晕。于是他从瞭望台上下来，沿着落满松软针叶的小路走一走，有风吹过时，松树林就会发出哗啦哗啦的声音，又或者同獾子托伊沃吵吵嘴，这样小貉子会感觉好受些。

小貉子感到自己又长大了些，因为现在同獾子争论时，他几乎不用再把奥尔洛夫副教授搬出来了，依靠自己的知识也一样能赢。

为了开阔视野，小貉子有时还会去附近棋盘格般的田地里散散步。

这个时候，他常常会有一些小的发现。比如，在位于海湾入口的库斯托恩玛村里，小貉子又发现一座瞭望塔。这座瞭望塔很小，就像给上了年纪的人用的小手推车一样。这里的鸟不太多，不过，在离村子不远处，小貉子发现了铁器时代的一个墓葬土堆。

此外，小貉子还了解到，缪尼亚伊奥基河的水量不大，但水质纯净，河里面栖息着胡瓜鱼。芬兰人不喜欢这种鱼，因此，如果河岸上出现了拿着钓竿的人，那他一定是俄罗斯游客。

　　有那么两次，小貉子悄悄地待在这些钓鱼人的附近，就为了听一听乡音。但是，小貉子很快就觉得喉咙仿佛被什么哽住，泪水模糊了双眼，只得调头跑走了。

狩 猎

正是这个时候,农场主们已经耕完土地了。现在他们需要做的就是多施肥。亚里售卖肥料生意的旺季来临了。他的那辆猩红色汽车时而出现在这里,时而出现在那里。萨里庄园四周都是田地,处处都能闻到浓烈的粪肥味。

画家、雕塑家和歌唱家向庄园的管理者抱怨,说闻着这么臭的空气,他们无法进行高水平的艺术创作。他们的作品常常不由自主地表现"农业"这一主题，他们觉得，这不仅违背了艺术创作的初衷，甚至觉得这一主题明显拉低了作品的艺术价值。

獾子托伊沃被这臭不可闻的空气弄得怒气冲天，他冲着所有动物破口大骂，甚至连与此事毫无干系的、勤快的蚂蚁们也不放过。

鸟类观察者的数量明显减少了，而留下来的观察者们也都纷纷戴起口罩。

幽灵是否有鼻子，这仍然是个悬而未决的问题，因此，也只有幽灵，毫不在意空气的味道是否发生了变化。况且幽灵对于自己的来历还有了个新想法，更倾向于认为，自己不是某个人死了之后变成的幽灵，而是生来就是幽灵。

正是在这些臭气弥漫的日子里，小貉子第一次对他这新的生活产生了怀疑。因为，无论如何，真正的天堂不应该闻起来这么臭！

一天早晨，像往常一样，小貉子从洞穴里爬出来，对着一直侵袭他的蚊子，把牙齿咬得咯咯作响，半睡半醒地朝瞭望台一路小跑过去。两分钟后，他已经跑到楼梯前，也逐渐清醒过来。

突然，从高一点的地方传来小树枝被折断时发出的咔嚓声。

小貉子感到很惊讶，就停下了脚步。这时，有个像甲虫一样的东西，在他的左耳旁疾驰飞过，嗖嗖带风，啪啪地撞击着山苏花，然后就消失不见了。

小貂子看了看两侧，什么也没有发现，就昂起头看了看。这时的天空是淡紫色的，在淡紫色的背景中，出现了一张戴帽子的脸。他正站在上面的平台上给枪装弹药。看见这张脸后，小貂子立刻清醒过来。装死已经来不及了！趁这个人还在摆弄枪，小貂子抖了抖尾巴，就钻到云杉树下，消失不见了。

不用说，这个戴帽子的人就是亚里。他步伐沉重地从瞭望台上跑下来，但又不得不小心些，以免摔断腿。当踏上地毯般的云杉落叶时，他意识到自己错过了猎物，于是用力地咒骂了一句，惹得周围的树木摇晃着树梢，似乎都在谴责他。保护区不允许用普通的枪进行射击，亚里只能使用装有致命剂量的安眠药的注油枪，结果射偏了。他一边咒骂着保护区，一边捡起那把注油枪，继续寻找小貂子。

小貂子害怕极了，他跑过灌木丛，撞掉了上面冷冷的露珠。身上的毛皮弄湿了，还粘满草籽和树叶。脚掌也时不时会踩到那些露出地表的树根，但小貂子已经完全顾不上这些了。

当前方出现了开垦过的田地时，小貂子停了下来，尝试着弄清楚状况。獾子的洞可以避难，但不能马上往那里跑。

思虑再三，貂子飞快地回到洞口的边缘，钻了进去，躲入自己的侧洞，开始静待事态的发展。

隔壁"房间"里，獾子托伊沃安静地睡着，发出轻微的鼾声。像往常一样，由于刮风和打磨虫的蛀蚀，头顶的风折木不时吱吱嘎嘎响几下。小貉子渐渐平静下来，他蜷曲成一团，想打个盹。

小貉子睡着了，睡了大概十分钟或者更长时间。

突然，外面的吱嘎声越来越大，发现有人在风折木上面走来走去。

小貉子猛地跳起来，但马上又贴紧洞内的"地板"。这时从洞口伸进来一条原木。这条原木转悠了一阵子，仿佛要找个更舒服的地方安顿下来，后来又有人从外面敲打了两下原木，想把原木往里捅得更深些。

小貉子闹腾起来。

獾子被吵闹声吵醒了。他想走到外面散散步，但突然被这块劈柴挡住了去路。他思索了一分钟，这是什么？待想清楚了后，就开始嚎叫起来。獾子嚎叫了整整五分钟，同时还用文明国度的居民所不能容忍的字眼大骂小貉子，说小貉子是"侵略者""暴徒"等诸如此类。

"他们要把我的洞穴刨开了！"獾子惊慌喊道，"或者要往里灌水！我可不想跟你这个后来的黑尾巴一起淹死！滚开！滚！滚！"

比起獾子，小貉子更加惊慌失措，恐惧感夹杂着托伊沃的咒骂使小貉子的精神为之一振。他夹起尾巴，抿起耳朵，把爪子插进土里，后爪发力，向侧洞的后方退去。獾子的叫骂声听着越来越模糊不清了。小貉子猛烈地折腾了一阵子，几分钟后，右爪拱出了地面，又过了几秒钟，露出了左爪，脑袋紧跟着也出来了，然后是身体。

小貂子竖起耳朵，环顾四周。发现洞口有着一根像树桩一样的原木，旁边一个人也没有。亚里走开去找铁锹了。

小貂子抖掉自己身上的灰尘，然后跑出森林。

现在，小貂子只能倚靠自己的爪子逃命了，躲藏这个方法已经不管用了。小貂子用自己最快的速度跑着，感觉所有的内脏都在颤抖。小貂子飞快地从耕过的田地上跑过去，跳上通往村庄的马路。他匆忙地环顾四周，没有发现任何可疑的情况，然后快速地跑向公路。

一路上，小貂子试图弄清楚发生了什么事，但仍然百思不

得其解。他曾确信，自己来到了貉子天堂，但突然之间，这个美好的天堂却变成了令人不寒而栗的地狱！事到如今，小貉子这才无比清楚地认识到，貉子数量"减少"意味着什么。这回他算是明白了，他的貉子先祖们到底跑到哪里去了。

太阳已经升到了海湾上空，小貉子身后拖着长长的影子，耳边传来远处村庄的各种动静。

在那里，公鸡们刚刚醒来，正睡眼惺忪地用嘶哑的声音喔喔叫着，饥饿的母猪们则在低声哼哼，一些看家狗闻到小貉子的气味，愤怒地咆哮起来。

在后面，离小貉子比较远的某个地方，勉强可以听到发动机发出的嗡嗡声。很快，这个隐约可闻且令人厌恶的声音变得越来越清晰。

奔跑中的小貉子扭头看了一下。有一道光照在深灰色的柏油马路上，也照亮了那辆像血滴一样猩红色的汽车。

小貉子使出全身力气向前奔跑。当然，如果换作他的父亲或者母亲的话，那么他们会立刻从车道上拐进低矮的树丛，这些树丛随处可见，有时就挨着田地，有时与灌木丛相连。但小貉子此时已经慌了神，无法正常思考了。

小貉子这个逃亡者在马路中央飞奔着，而这辆汽车就跟在小貉子身后，慢慢地靠近他，又粗又黑的保险杠仿佛在对着小貉子露出狰狞的笑容。这辆汽车就像戏耍猎物的强盗，时刻准备发出致命一击。

望着眼前这只奔跑的貉子,亚里咧开嘴笑了笑。他回车里取铁锹的时候,就从那里,在小山上,看见了这个猎物。由于受到了惊吓,这只糊涂的猎物居然朝熙熙攘攘的城市跑去。两秒钟后,亚里已经启动了发动机,因为只要善于利用,汽车也可以变成武器!

"可别把毛皮弄坏了。"他开心地想着。

亚里小心地，甚至可以说，娴熟地使汽车在行驶中一直挨着小貉子的尾巴。但当他打算撞击这只野兽时，道路突然来了个急转弯，绕过了海湾。

几百年来，这条路一直是在这里转弯的，但今天，对于一心追逐猎物的亚里来说，这个转弯真是太突然了。

和之前一样，小貉子对刚刚发生的事仍旧一无所知，他慌不择路，跳过了路边的沟渠，又从田野上飞跑过去，以为这样就可以找到他平时走过的那条捷径。而那辆猩红色汽车的车头撞到沟渠底部，又在耕地上被弹了起来，然后就一动不动了，只有断了的保险杠还在那儿晃荡着。

亚里用手捂着头，从车里爬了出来，傻呆呆地看了看保险杠，然后扭头看向那个小黑点——小貉子沿着即将收获的金色庄稼地跑得飞快，离他越来越远。小黑点变得越来越小，越来越小，很快就完全消失不见了。

缪尼亚米亚基市真正的清晨终于来临了。

这不仅仅是"老兵之家"

现在小貉子开始庆幸他原本担忧的那件事了——这个村子里的人从不锁门！小貉子飞快地跑上熟悉的门廊，然后拖着疼痛无比的脚掌，跳进走廊里，疼痛的感觉让他快要窒息了。舌头从嘴里重重地垂了下来，总之，小貉子觉得自己马上就要死了。

听到门外有动静，韦甘从房间里走了出来。韦甘已经渐渐忘记在缪尼亚米亚基市发生的那件不愉快的事了，虽然韦甘消瘦了不少，但是看起来精力相当充沛。

"啊！"看到突然拜访的小貉子，韦甘激动地说，"你好！你可算决定来看我们了，这真是太棒了！"

小貉子呻吟着，扑通一声栽倒在地上，旁边就是佩卡那双穿旧了的鞋子。

"有人要打死我！"

小狐狸望着这个为躲避追捕而筋疲力尽的来客，感到惊恐万分。

"是谁？"

"就是那个屎壳郎！亚里！"

韦甘疑惑地看了看小貉子。

"你没认错人吧？是的，他确实挺烦人，但……"

"我认错人！"小貉子因为愤怒而跳了起来，"要是真这样就好了！他先是要一枪崩了我，然后想把那个吝啬鬼獾子的洞穴挖开，后来又差点儿开车撞死我！你是不是想说，这一切都是巧合，啊？有这么巧的事吗，有吗？哼！我绝不会认错人的！"

小貉子说完完全无力地躺倒在地，生气地用鼻子吸着气。

韦甘忧心忡忡地环顾了一下房间，此刻的佩卡正盖着毛毯，发出呼哧呼哧的声响，不时地打着呼噜。

"你就留下来吧。在这儿你啥也不用怕。天亮以后，佩卡会弄清楚事情的来龙去脉的。"

可是，佩卡不得不更早些弄清楚整件事了。

还没等小貉子稍稍恢复知觉，吃点素食饲料缓解一下饥肠辘辘的感觉，一辆汽车就轰隆轰隆地开进了院子。

小狐狸纵身跳上窗台。

"是亚里！"

小貉子慌乱地在走廊里转圈乱窜，还用嘴巴拱着浴室和厕所的门，然后又快速钻进房间里，藏到沙发下面。这时伴随着敲门声一同传来的还有一股猪粪味。

韦甘轻轻地碰了碰佩卡的手。佩卡睁开眼睛，仔细地听了听，又思考了一会儿，这才起身离开被窝。

亚里只得在门廊又多站了大概十分钟，因为他得等房子的主人找到自己的鞋子，梳好头发，再缓缓地走过根本就不算长的走廊。

"你好！"亚里说道，清晨的冷风吹得他直发抖，"简单说来，我奉命消灭貉子。这是卫生监督员签发的公文。"

他从口袋里掏出一张揉得皱巴巴的纸，把纸递给了佩卡。

佩卡拿着这份公文，默不作声，缓慢又仔细地读了大约五分钟，尽管算上公章上的字，里面一共才四句话。"这份公文没有问题。"佩卡说着将公文还给了亚里，"只是我不明白，您为什么来我这儿？"

其实，当小貉子钻到沙发下面时，佩卡就猜到是怎么回事了，只是没有想要参与到自家宠物的生活中去。

"看得出来，你这是才睡醒，"亚里冷得牙关直打架，回答道，"还没弄清楚状况？你居然放一只貉子进来！一只能传播狂犬病的貉子！"

亚里见佩卡对自己的来意无动于衷，于是决定换个语气："你尽管放心，我不会扎疼那家伙的，薄饼都准备好了！"

"可我还是不明白,"佩卡说,"为什么您断定这只貉子在我这儿?"

终于,亚里脸上的笑容消失了。说来也怪,这样一张没有笑容的脸反而令他看起来稍稍体面点了。

"什么为什么?貉子的脚印最后出现在哪里?在那儿!就在门廊旁边。你没看到吗?"他将身子像个问号一样弯下来,然后用一根手指指着地面。"看到了吗?"他又问了一遍。

佩卡不仅懒得弯腰,甚至也不想靠这位不速之客更近一点。

"如果您不尽快离开的话,我就要报警了。您这个盗猎者。"

"什么?"亚里吃了一惊,居然连挺直身子都忘记了,就这样从下往上,盯着佩卡看了几秒钟。似乎"盗猎者"这个词,他连听都没听过。

亚里慢慢直起身来:"请你先拿出证据来。"

"就是您,去年在卡尔胡年的田地里,杀死了一只成年狐狸和几只狐狸幼崽,对此,我们动物保护协会已经掌握了充分的证据。"

亚里目光有些茫然,盯着佩卡又看了将近半分钟。

"我看你们拿不出证据吧?"亚里说。

"再见,祝您日子过得开心!"对眼前这位不速之客来说,佩卡的这些话既友善又令人难堪。

佩卡把话说完后,就从里面把门关上,随后又用钥匙锁了门。这个小村子从建成到现在，这还是第一次有人锁门呢。

亚里生气地在门廊旁边转悠了几分钟，一无所获只好开车离去。

顷刻之间，早晨的空气明显变得清新了许多。

陷 阱

　　小貂子在佩卡和韦甘那里住了三天，只在必要的时候才走出家门。韦甘给小貂子看关于动物的电影，让他解解闷，但是小貂子无法理解这些动物的生活方式。

　　"我不相信！"小貂子唠叨着。然而他并不知道，这句话正是伟大的演员斯坦尼斯拉夫斯基经常说的。

　　小貂子开始勉强学着吃起了大豆饲料，学会从水龙头里接水喝和长时间地看着窗外。这样舒适的生活，小貂子其实一点也喜欢不起来。

等到第四天的时候，小貉子不见了。

韦甘睡醒后，没有看见自己的朋友，找遍了整个"老兵之家"都没有找到，于是打算跑到外面找找看。

地平线上挂着一枚巨大的红月亮，他就像放在架子上的灯笼，照亮了整个村子。

韦甘嗅了嗅，马上发现了小貉子的踪迹，原来他往海湾方向跑去了。小狐狸韦甘稍稍放心了些。这意味着，小貉子没有被人劫持，他是自己离开的。但小貉子为什么要这样做呢？

思考了大约一分钟，韦甘这才意识到，是不是应该叫醒佩卡呢？还是不了，今天佩卡可是接待了两个长途旅行团。于是韦甘决定独自行动。

半个小时后，韦甘登上了瞭望塔的高台，但那里什么也没有。韦甘又走到儿童窗口前，周围的一切，无论是鸟，还是森林，甚至是海湾里的水，所有这一切，除了小狐狸，都在酣睡着，做着美梦。

小貉子到底跑哪儿去了？莫非发生了这些事之后，他仍然决定回到小獾子的洞穴里吗？

韦甘从瞭望塔上跑了下来，然后朝獾子托伊沃的洞穴跑去。在本该睡觉的时间，獾子又被吵醒了，他同狐狸韦甘吵了起来，斥骂狐狸韦甘是"侵略者的走狗"。然而，狐狸韦甘表现得彬彬有礼,不仅使这个爱吵架的家伙安静了下来,还打听到,小貉子已经四天没回洞里了。獾子还特别强调如果有某个人把这个黑尾巴的家伙带走并且消灭掉,他甚至会为此感到开心,因为再也不用受折磨了。

小貉子的行李:一根被啃光的鸟骨头和一个撕破了的鸟类鉴定手册副本,都已经被托伊沃给扔到草地上了。

小狐狸开始感到有些不安,于是,郑重其事地去找熟识的松鸦朋友。松鸦们告诉狐狸,昨天晚上很晚的时候,差不多已经深夜了,看到小貉子沿着乡间土道,往天鹅活动的那片场地一路小跑。

跟松鸦道过谢后,小狐狸急忙奔向马路。在马路上,韦甘用力猛嗅了起来,尽管从田野上飘来的粪肥味都能把人熏晕,但他还是发现了小貉子的踪迹。这踪迹就像朦胧的轨道一样飘忽不定,沿着踪迹,小狐狸也向海岸边小跑起来。

时而找不到踪迹,时而又再次发现踪迹,韦甘绕过状如鲸鱼的峭壁,跑过了几个农庄,最后来到了离保护区一公里远的一个僻静的小码头。

周围一片寂静,清晨时光里那些微弱的声音,是无论如何也无法打破这份宁静的。人们在安睡着。松树在微风中轻轻地摇摆。几艘小船和一艘白色的旧快艇在海浪中随波微荡,时不时会碰撞上那座旧的木质码头。

韦甘十分困惑地观察了一下四周。狐狸韦甘完全不能理解，小貉子为什么要来这里？他又不坐船！

小狐狸抬起头，稍微眯缝起眼睛，用力地吸了几下鼻子。小狐狸顺着气味往前走，越往前小貉子的气味就越浓。跟着这气味，小狐狸费劲地穿过茂密得如扫帚一般的刺柏，然后被眼前的景象给惊呆了，因为眼前的景象太出乎他的意料了。海岸边，放着一个自动捕猎的笼子，笼子的一角挨着黑色的水面。笼子里是空的，但那些被压倒的芦苇秆表明，这里不久前曾经关过一个猎物，草地上还留有一块没吃完的肉。

一连串的问题在韦甘的脑中盘旋，他开始有些头晕目眩。这个放在保护区附近的笼子是干什么用的？小貉子是怎么来到这儿的？小貉子还活着吗？小貉子会被带到哪里去了？

小狐狸在笼子前站立的这几分钟，是他从出生开始到现在最惊慌的时刻。

突然，树后传来类似花金龟发出的柔和的嗡嗡声。树干之间闪现出某个红色的东西，几秒钟后，一辆像"铁蝉虫"一样的汽车慢慢爬上了码头，贴着"反动物保护协会"字样的"铁蝉虫"让人印象深刻。

小狐狸顿时觉得脊背发凉，内心忧惧不安。从汽车里下来的正是亚里。正好一棵刺柏遮挡住了韦甘的身影。他本可以沿着狭窄的海岸，穿过沉寂的森林，跑到黑色的谷地里躲起来。

但小狐狸韦甘做了一个乍一看上去非常愚蠢的决定。小狐狸向笼子冲了过去，门啪的一声关上了，发出刺耳的咔嚓声。

亚里一边娴熟地骂着街，一边非常勉强地爬过刺柏，然后在笼子前面停了下来。在黑色帽子的遮挡下，亚里那张灰色的面孔上，透露着疑惑不解的表情。

"真不明白，"他说着，双手像平常一样插在兜里，"这是怎么回事？"

亚里的脸夹在黑色帽子和灰色连身工装裤之间，韦甘看向那张脸时，身体哆嗦了一下。

"佩卡的小宠物，是不是啊？"亚里自言自语道。

他稍稍俯下身子，靠近笼子，一双黄色的眼睛直勾勾地盯着猎物。小狐狸缩进角落里，就像蜗牛缩回自己的壳一样。

"这身毛皮好极了！"亚里赞叹地说，"我很快就能把这身毛皮变成钞票。"

他朝汽车走去，回来的时候，手里拿着一个给狗用的塑料宠物袋。韦甘冲着亚里一阵阵地嚎叫，以至于亚里有些战栗着说："哎，哎！"尽管如此，亚里还是感到窃喜，因为没费多少功夫，小狐狸韦甘就自己钻进袋子里了。

然后，亚里再次给陷阱安好触发机关，一分钟后，带有白色文字的"铁蟬虫"慢慢地爬走了，离开了旧码头。

装着狐狸的宠物袋就放在前面的座位上，所以韦甘能够看见一些树木和房子。小狐狸韦甘在脑海里把这些画面拼凑起来，连成一个整体。汽车正朝南部海岸的一个村庄开去，不久前，小貉子就是在那里数过当地的鸟儿，可惜最后什么也没记住。

汽车在树木掩映的村庄之间转悠了好一阵子，途经堪称城市荣光的那片墓地，然后爬上了一座小山，这座小山树木丛生，看起来就像一个顶着绿刘海的小脑袋。

这里有一座稍显破败的房子，房子看起来低矮极了，似乎有人用锤子把房子故意砸扁了伸向两边，仿佛一颗被压坏的土豆。

亚里把宠物袋从车里拖出来，然后走进了院子，还不时抖动几下，把袋子里小狐狸弄得都想吐了。

这座土豆房子耸立于小山之上，四面透风，可里面还是充斥着一股怪味，其源头就是一座为了储存粪肥而用石头搭建的牛棚。无论是清新的海滨空气，还是散发香气的松树，都无法与这种蒸发出来的气体相抗衡。这种极难闻的气味波及周围好几公里的区域，侵袭着古老的图尔库，甚至在远处的其他岛屿上也能闻得到。

紧挨着牛棚的一侧，放着一个形状不规则的旧笼子。亚里用脚把笼子的小门踢开，把这只有着棕黄色毛皮的小野兽从宠物袋里抖搂出来，扔进笼子里。

韦甘跌倒了，摔在地上的那一侧身体感到有些疼痛。但他马上就站了起来，并环顾四周。在笼子另一处的角落里，小貉

子正蜷缩成一团，沉睡着。

　　小狐狸跑到小貉子跟前，像启动电脑一样，用鼻子捅了捅小貉子。于是，小貉子就"启动"了。然而，半睡半醒的小貉子把小狐狸当成了绑匪，张口就要咬他了。

　　"你在这儿干什么呢？"清醒过来的小貉子着急地问。

　　"那还用说，我在找你啊。"

　　"然后就被抓到笼子里了？"

　　"是我自己要进来的。我断定，亚里一定会把我跟你关在一起。看吧，我想得没错。"

小貉子苦笑了一下："我早就说过，你真是个书呆子！这下他会连你也一起处理掉的。"

既然走投无路，小貉子也就不再害怕了。不同于以往，小貉子变得严肃而镇定。

亚里从拐角处走了出来，他一边在混合着粪肥的污泥里走着，一边吧嗒着嘴。跟他一起进来的还有一个女人，这个女人一点也不好看，脸长得就像熟透的大头菜。"大头菜"也穿着连身工装裤。她走近笼子，目不转睛地望着小狐狸。

"这不是佩卡的宠物吗？"

亚里耸了耸窄窄的肩膀，然后朝脚下吐了口痰。"狐狸身上可没写名字。况且，所有人都知道，狐狸也会传播狂犬病。"

这个女人用宽厚的手掌抚摸了一下头顶稀疏且干枯的头发。

"这毛皮真好啊！""大头菜"的嘴里发出羡慕的赞叹。

亚里点了点头，表示同意。

"等猎物身体拉伸开，你再开枪。""大头菜"一摇一晃，踩着污泥扑哧扑哧地朝拐角走去。亚里又把双手插到兜里，转身离开笼子，朝灰色的田野看了看，在那里，一些绿色的拖拉机正在缓慢行驶着，辛勤地翻耕着土壤。

"那个女人去拿枪了。"小貉子低声说道。

"要是我们跑得快一点，可能，他们就打不中吧？"

"就算第一次打不中，但第二次也肯定跑不掉了。"小貉子叹了一口气说道,"束手就擒吧。"

"大头菜"把枪拿来了。

"三毫升够不够?"

"手和脚都得注射。"

亚里点点头,为了不妨碍瞄准,他将帽子推到了后脑勺。"两手准备?"

"大头菜"把手里的注射器给他看了看。

亚里得意地笑了笑。"这样的话,我就不会打偏了!"

亚里把枪杆伸到笼子的网孔里,花两秒钟选定了目标,瞄

准了狐狸的后背。突然，小貉子冲到前面挡住了小狐狸。

"你干什么？"韦甘问道。

"我在这里都坐烦了。而你来得晚，还能再待一会儿。"

"唉！你们俩别折腾了！"亚里一边呵斥，一边松开了枪托，"净捣乱！"

他再次将胡子拉碴的颧骨贴近枪，把粗硬的手指放到扳机上。小貉子仿佛头疼一样，眯缝着眼睛，继续用身体遮挡小狐狸。

古老墓地的益处

远处惊涛拍岸，田野上的拖拉机正用它那锋利的开垦刀认真地干着活，发出轰隆轰隆的声响。突然，这些平稳低沉的音效被一阵古怪的哀号声打破了。小貉子哆嗦了一下，然后睁大了眼睛。在他面前飘荡着一团云。这团云凸起的表面有几处凹陷，可以辨认得出，这些凹陷就是眼睛和嘴巴。

这云让亚里毛骨悚然，吓得他猛地一甩，注油枪就像胡蜂一样刺入牛棚的石块中间。"大头菜"则摔倒在烂泥之中，因为太过害怕，喉咙里发出刺耳的尖叫声。亚里癫狂地跳过低矮的栅栏，一边喊着"妈妈！妈妈！"，一边朝山下拖拉机耕作着的田野狂奔而去。他的手也像草蛉虫扇动翅膀一样，胡乱地挥舞着，而裸露在外的秃顶上，晨光闪烁。

"说谎！"幽灵生气地说，"我不可能是他的妈妈！我是看着他的曾祖母从小女孩长成大人的。"

这下，狐狸韦甘和小貉子都松了一口气。

"您怎么在这儿？"小狐狸问道。

"年轻人，你们明白吗？"幽灵开始在笼子里移动，就好像在房间里踱步一样，"我曾打算拜访附近的那些古老的墓地。这些墓地，当然，你们是知道的，这是解开我的身世之谜的最

后的机会了！换句话说，也是解开我的死亡之谜的最后的机会了。我在这些受人尊敬的人的墓穴上待了一整夜，但是，白费力气了！"这团云有了两处凸起，大概就是这团云高高举起的双手。"只是长眠在那里的大人物们没有给出任何回应，唉，我一无所获！这令我悲痛万分，心碎不已！"

幽灵用当作嘴的那个圆点哽咽着。

"不要紧，我们国家有很多墓地，"韦甘试图使幽灵振作起来，"不要失掉希望！"

"啊，我善良的朋友们，谢谢你们的支持！只有你们能理解我，同情我的悲惨遭遇！然而，令人气愤的是，居然碰上了这个恶棍……"幽灵用当眼睛的圆点望向田野。此时的亚里已经变得非常小了，但仍然在田野上奔跑着，他的秃头上还闪耀着点点阳光。"……这个恶棍居然想把品德这么高尚的年轻人送到另一个世界，显然还为时过早。"

"非常非常感谢您！"小貉子真心实意地说道，"现在我们最好赶紧从这里离开。"

"啊！我保证，用不上五分钟，你们就会获得自由。人们已经坐车来接你们了。而我呢，也许，确实得去拜访拜访附近城市的墓地了！祝你们一切顺利！"

幽灵说得没错。没过几分钟，身材魁梧的埃里克松和佩卡就从旧牛棚的拐角处跑了过来。埃里克松脚蹬大皮靴，佩卡用手帕捂住鼻子,想尽量阻挡这可怕的气味的侵扰,尽管这样做也是徒劳的。然而看见小动物们后,他就把手帕塞到口袋里,接着开始动手去拔笼子小门上的插销。

埃里克松拍了拍"大头菜",使她恢复了知觉。她清醒过来后,十分慌张地跑回屋子里,从里面锁上了门。

佩卡在那里手忙脚乱地拨弄着插销。埃里克松观察了大约一分钟,然后他轻轻地推开佩卡,转动的手腕发出几乎跟鸭子一样的嘎嘎声,一拳就把笼子的门给打下来了。

小动物们走出了笼子,用力地呼吸了一口周围的空气。虽然空气在近五分钟内并没有变得更清新些,但小动物们还是觉得空气是这样的香甜,以至于头都有些晕晕乎乎的了。

佩卡满怀喜悦地亲吻着韦甘的鼻子,见此情景的小貉子嫌恶地皱起了眉头。小貉子从小就不喜欢多愁善感。

然后,大家走遍村子去寻找亚里,也没有找到。想从锁起门来的"大头菜"那里也问不出个所以然,于是大家就打道回府了。

小动物们坐在舒适的汽车后座上回到了"老兵之家"。为了驱走困意,小貉子不时地打着哈欠,摇晃着脑袋。

"我不明白,他们是怎么找到我们的?"小貉子问小狐狸。

"我的皮肤下面放置了微型集成电路芯片。"

韦甘说得如此轻松随意,就好像他说的仅仅是"我脚上有

个斑"。

小貂子却听得目瞪口呆。

"那是什么?"

"这是无线电信号发射装置。而佩卡那儿有个仪器,用他可以看到我的行踪。"

小貂子感到愕然,沉默了一会儿。

"那你不觉得讨厌吗?"

韦甘耸了耸肩。"我已经习惯了。这也不碍事。我们这里很多家养动物都植入了这个东西,这样就不会跑丢了。你看,这东西还挺管用的。"

小貂子久久没有说话。他只是望着窗外,那里有大片开垦过的田地，一捆捆去年的干草层层叠叠地堆成一大堆，稀奇古怪的异国生活使小貉子陷入了沉思。

"你听我说，"韦甘将小貉子从沉思中拉了回来，"我真是不明白，你干吗要跑走呢？"

"你不会懂的。"小貉子无奈地说道。

"究竟是为什么呢？"

小貉子神色黯淡，沉默了一会儿，然后突然说道："你们这些家养的伙计是无论如何也理解不了的，我不能不吃肉！"

忧 郁

小貂子在佩卡的"老兵之家"里又待了几天。虽然他吃着带有肉味的素食饲料，睡在地毯上，但是他仍然感觉非常糟糕。

出于安全考虑，小貂子和小狐狸只能跟着佩卡去森林，而且还得是在他没有旅游参观接待任务的时候。

当幽灵翻阅为庄园周年纪念日而出版的那本书时，意外地发现了自己的那幅古老的画像。回忆起来，自己曾当过阿明诺夫家族孩子的老师！当然了，他只是老师，而不是将军，现在幽灵终于可以平静地生活下去了。就算得知幽灵已经弄清楚了自己生前是谁，小貉子仍旧不太开心。

随着时间一天天流逝小貉子变得更加郁郁寡欢。小貉子一大早就跳上宽宽的窗台，在那里趴上很长时间，望着田地里鞋刷子一样的线条以及那片遥远的可望而不可即的森林。

有一天，小貉子终于忍不住了。

"我再也受不了了！这样的生活都快把我变成獾子了！"

"不可以回森林。"韦甘从电脑前转身说道。那时韦甘正在浏览电脑里动物保护协会其他成员搜集的数据。"你不是也听到了吗，埃里克松说过，卫生监督员开始实施消灭貉子的计划了。而缪尼亚米亚基市里有很多人都见过你。"

小貉子再次无奈地躺倒在窗台上。

"你为什么觉得这里不好呢？"

"我厌倦了吃仿制品！而且，我可不想，有一天，也像你似的，被人在皮肤下面塞进这么个玩意儿。我是只野兽，不是沙发上的狗！"

晚上，当佩卡回来后，小貉子和小狐狸借助电脑跟他讨论了一下当前复杂的情况。

佩卡向来就是一个不紧不慢的人，况且那天晚上又特别累，所以做任何事的速度都比平时又慢半拍，这让小貉子几乎要抓狂了。佩卡冲咖啡就用了很长时间，又在椅子上坐了好一会儿，然后又思考了很久。小貉子差点就要咬他的那只穿着厚毛线袜的脚了。

"好吧。"佩卡终于说话了,当时已经是深夜一点了。"恐怕,我们只有一个办法……"

佩卡是对的。小貉子应该返回俄罗斯。而且,越快越好。小貉子和小狐狸也都打定了主意,然后各自就安心睡觉了。

第二天早上,小狐狸发现,在房子里又找不见小貉子了,这可把小狐狸吓坏了!

狐狸韦甘仔细查看了房子四周,慌乱得都想把佩卡叫醒了。就在这时,小貉子拖着沉重的脚步走进屋子里,只见他满脚沾满了污泥。

"唉,你真是太过分了!又去找肉吃了?我们终究会破例买给你吃的!"

小貉子走到小狐狸跟前,大口大口地喝起水来。然后他用舌头把下巴皮毛上的水滴舔掉,疲倦地说:"我把他咬伤了。"

"把谁咬伤了?"韦甘不解地问。

"就是那个粪虫。"

韦甘瞪圆了眼睛。

"你奔跑了十公里,仅仅是为了找到他,然后咬伤他?"

小貉子冷笑了一下。"肚子上缝了四十针!依我看,对盗猎者来说,这是个不错的惩罚。"

小貂子张牙露齿把自己假装成一只疯狗的样子。

"你这是滥用私刑,"韦甘生气地说,"应当依法行事。我们这儿有警察……"

"警察在哪儿啊?"

"在图尔库,但如果需要的话,他们会赶来的。"

"他们顺便来把我送到卫生监督员那儿,对吗?"

韦甘竟有些无言以对。

"别说了。当心吵醒了佩卡。"

小貂子其实还想跟韦甘再说点什么的。比如,他在亚里的房子里看见了几具珍稀鸟类的标本,客厅的墙上还挂着毛皮,不仅有貂子皮,还有狐狸皮。可是,小貂子还是闭上了嘴巴。事已至此,干吗还要惹朋友不开心?

告 别

图尔库、赫尔辛基、波里、洛维萨……现在，要倒着走一遍这些城市了。小貂子用自己的爪子，花了一个多月的时间，才从俄罗斯走到缪尼亚拉赫季海湾，差点就把爪子给磨没了，而现在，小貂子正以差不多每小时一百公里的速度行进着。

佩卡参观过几次埃尔米塔日博物馆，因此非常熟悉去俄罗斯的路。当然了，他是愿意把小貂子送到维堡市的，可他没法这么做：首先，佩卡没有签证；其次，他也没有运送貂子的文件。这就意味着，小貂子将不得不再次秘密翻越边境。

一路上，汽车在加油站的小咖啡馆旁边停下来好几次。小家伙们跟着佩卡，跳上柏油马路，活动活动脚掌。但这个奇怪的组合马上引来游客们围观，这些游客在东芬兰随处可见，他们兴奋地叫喊着，开始给小动物们拍照。

后来，小家伙们就不再下车了。天黑了，天空呈现出白色、蓝色和红色，就像俄罗斯的三色旗一样。小汽车从公路上拐了下来，隐入瓦里玛镇边境附近茂密的树林之中。

小貂子从汽车里一跃而出，贪婪地吸了几下鼻子。东风吹送来桦树和蒲公英的气味，令他心潮澎湃。

"终于到了，"佩卡疲惫地说，"我想，接下来，你会自己找到路的。"

小貂子看了看韦甘。韦甘用鼻子友好地碰了碰小貂子。

"我会给你写信的。我有你的地址。"小貂子的眼睛感到刺痛。但他立刻转过身去，快速地点了点头，然后朝着幽暗的森林跑去。

暮色中，小貂子在深色的树干中间穿行着。佩卡和韦甘一直凝望着那个浅灰色的圆点，直到圆点消失不见。

小狐狸韦甘号叫着，以此来跟小貂子告别，但再没有得到回应了。

"这真令人难过！"佩卡一边打开车门，一边说道。

他深深地呼吸了一下，随即面露微笑。"不过还好啦！夏天快到了……"

你好！

　　我在一个别墅里好不容易弄到了信封和铅笔，所以才能写这封信（妈妈稍后会检查错误）。用嘴写信很不方便，但是我觉得，你用电脑会把一切翻译过来并弄清楚的。

　　我在父母的洞穴旁挖了一个新洞穴。刚回来时，我时常感到郁闷，甚至常想哭。每天早晨，当我醒来的时候，我总是想跑到瞭望塔上，然后才想起来，我已经不在芬兰了。

　　其实我们这儿也有很多鸟。还有一些你们那儿也没有的鸟。现在我就数这些鸟，而爸爸帮我鉴定鸟的种类。

　　我把六月份的工作报告寄给你。也许，这份报告会对你们协会有用吧！

　　你跟佩卡秋天来我这儿吧！到时我们一起数鸟！

你的朋友 小歪爪

小貉子的鸟类鉴定手册

灰鹤

大天鹅

鸬鹚

灰鹳

秋沙鸭

疣鼻天鹅

灰雁

琵嘴鸭

白尾海雕

绿翅鸭

白颊鳧

针尾鸭

环颈雉

凤头麦鸡

红脚鹬

剑鸻

流苏鹬

苍头燕雀

平原鹨

旋木雀

银鸥

松鸦

图书在版编目（CIP）数据

跟动物朋友去远行 / (俄罗斯) 斯坦尼斯拉夫·沃斯托科夫著；(俄罗斯) 玛丽亚·沃龙佐娃绘；解秋菊译. — 福州：福建少年儿童出版社，2021.5
（世界自然文学获奖作品）
ISBN 978-7-5395-7476-9

Ⅰ.①跟… Ⅱ.①斯…②解… Ⅲ.①儿童故事—图画故事—俄罗斯—现代 Ⅳ.①I512.85

中国版本图书馆CIP数据核字(2021)第008799号

Illustrations © M. Vorontsova, 2014
© «Clever-Media-Group» LLC, 2020
© Stanislav Vostokov, text (publication year of the simplified Chinese edition)
The simplified Chinese translation rights arranged through Rightol Media
（本书中文简体版权经由锐拓传媒旗下小锐取得Email:copyright@rightol.com）

中文简体字版由福建少年儿童出版社在中国大陆地区独家出版发行
著作权合同登记号：图字 13-2020-047

世界自然文学获奖作品
GEN DONGWU PENGYOU QU YUANXING
跟动物朋友去远行

作者：[俄] 斯坦尼斯拉夫·沃斯托科夫◎著　　[俄] 玛丽亚·沃龙佐娃◎绘　　解秋菊◎译
出版发行：福建少年儿童出版社
地址：福州市东水路76号17层 邮编：350001
http://www.fjcp.com　email：fcph@fjcp.com
经销：福建省新华发行（集团）有限责任公司
印刷：福州德安彩色印刷有限公司
厂址：福州市金山浦上工业园区B区42幢
开本：787毫米×1000毫米　1/16
印张：9
印数：1—20000
版次：2021年5月第1版
印次：2021年5月第1次印刷
ISBN 978-7-5395-7476-9
定价：35.00元

如有印、装质量问题，影响阅读，请直接与承印厂联系调换。联系电话：0591-28059365

爱尔夏牛